公元787年，唐封疆大吏马总集诸子精华，编著成《意林》一书6卷，流传至今
意林：始于公元787年，距今1200余年

一则故事　改变一生

意林童书中心　出品

神异经 ②
无波之海

连城 著

图书在版编目（CIP）数据

神异经. ②, 无波之海 / 连城著. — 长沙 : 湖南少年儿童出版社, 2018.6
ISBN 978-7-5562-3051-8

Ⅰ. ①神… Ⅱ. ①连… Ⅲ. ①长篇小说－中国－当代 Ⅳ. ①I247.5

中国版本图书馆CIP数据核字(2018)第085250号

神异经②无波之海
SHENYI JING ② WUBO ZHI HAI

总 策 划：顾 平　宋春华	统筹编辑：高瑞云
出 品 人：杜普洲	执行编辑：王 强　崔晗珺
图书策划：宋春华　张朝伟	封面绘图：诺米猪-Naomi
质量总监：阳 梅	封面设计：资 源
责任编辑：向艳艳	内文设计：坛爱萍

出 版 人：胡 坚
出版发行：湖南少年儿童出版社
社　址：湖南省长沙市晚报大道89号　　邮编：410016
电　话：0731-82196340（销售部）　82196313（总编室）
传　真：0731-82199308（销售部）　82196330（综合管理部）
常年法律顾问：北京市长安律师事务所长沙分所　张晓军律师

印　刷：天津中印联印务有限公司
印　张：11
开　本：700 mm×1000 mm　1/16
字　数：120千字
版　次：2018年6月第1版
印　次：2018年6月第1次印刷
书　号：ISBN 978-7-5562-3051-8
定　价：26.80元

版权所有　翻印必究
（如发现印装质量问题，请与承印厂联系退换）

人物灵兽简介

苏小蛮　原本是一个受人排挤的手有巨大的可怕包块的瘦弱女生，被盘古召唤出体内灵兽，得到驱使兽三足乌之后，成为背负光荣使命，有着强大力量的上古灵兽朱雀。

朱雀　苏小蛮的本体灵兽，从殷商时代就是代表炎帝与南方七宿的神兽，五行学说兴起之后，象征含义又多了丙丁与夏季。五行属火，其位南，占朱色，主升腾接引。

郑阿球　原本是个普通的十三岁男孩，个子矮小，皮肤黝黑，被起外号"黑煤罐"。被盘古召唤出体内灵兽后，皮肤变得白皙光滑，拥有了交换氧气的功能，能在水下无障碍地呼吸。

玄武　郑阿球的本体灵兽，从先秦时代就是代表颛顼与北方七宿的神兽，到了汉代五行学说兴起，象征含义又多了壬癸与冬季。五行属水，其位北，占黑色，主长寿。

贺子春　原本是一个目不视物的孩子，后恢复了视力，成为灵兽远征军一员后进入异世界。危难关头为保护伙伴，跃入彩云之中，受万千霹雳洗礼，化身为一条俊美神勇的青龙，手执长鞭，可驱雷驭电。

青龙　贺子春的本体灵兽，从先秦时代就是代表太昊与东方七宿的神兽，到了汉代五行学说开始兴起，象征含义又多了甲乙与春季。五行属木，其位东，占青色，主生发。

人物灵兽简介

唐古拉：孤儿，靠盘古资助进入大荒学院。因为生活的磨砺，较同龄人更成熟、稳重。他的手似巨大的鸡爪，手背密布犹如黄金打造的鳞片，在成功升级为肩负重任的灵兽后，带领伙伴们征战大荒界。

麒麟：唐古拉的本体灵兽，中国传统瑞兽，性情温和。古人认为麒麟出没处必有祥瑞。有时用来比喻才能杰出、德才兼备的人。五行属土，其位中，占黄色，主宽厚仁慈。

阿曼：鲛人族；身材清瘦，后有鱼尾，能在水中生活。性格沉着，面对从天而降的"飞仙"们，也能够冷静面对。心思细腻，常能猜透灵兽远征军的想法。与唐古拉交好。敢于承担责任，是老酋长不管族事后鲛人族实际的领导者，故而是公认的下届酋长人选。

酋长大人：鲛人族酋长，身穿红纱，头戴红珊瑚高冠，白胡须。两百岁高龄，老顽童性格。经历了海蛇大闹鲛人族的时期，在海蛇隐去之后，也由于自身年岁已高，对族内事物不是十分上心，而是将其中大部分都交由阿曼处理，自己则四处游玩。与郑阿球交好。

小翠：年轻苗民；有翅，能飞。母亲被巨龟碾压后倒塌的房屋砸死，与父亲相依为命。性格热情，乐于助人，联络族人背着灵兽远征军飞到了珍珠岛。惧怕平淡，喜欢冒险，与苏小蛮交好，听她介绍了人间界的种种之后，十分向往人间界的生活。

阿普：张宏国国民。体格精壮，性格沉稳，张宏国出海捕鱼船队的领导人物。擅磨刀，号称"张宏国磨刀第一人"。好心帮忙，却不小心磨断了苏小蛮的刀，被大祭司差遣去往积雷之山寻找铸刀的材料作为赔偿。

目录

第一章 天外飞仙

目光所到之处，清明广袤，无遮无碍。向上看，是淡蓝色的广阔晴空；向下看，是碧蓝色的无垠大海。

1

第二章 酋长大人

郑阿球细细打量洞中环境：高大，宽敞，洞顶突出无数巉岩。巉岩形状各异，或如吊灯，或如垂花，或如钟鼓，好像是特意保留下来的装饰品。

11

第三章 鲛人，苗民

四只小灵兽不约而同地望向阿曼所看的方向，只见那里烟波浩渺，茫无涯际。他们都有点疑惑起来：既然无波之海上没有岛屿，周围也没有陆地，那么那些鸟人到底住在哪里呢？

21

目 录

第四章 鲛人版郑阿球

月光照着波光粼粼的海面，景色跟白日相比，又有了很大不同：非常清幽，绝无凡俗之气，四只小灵兽屏息静气地东瞧西看，都有点疑心是在梦里。

31

第五章 海市大战

她立在礁石之上，神情自若，十指翻飞地吹着她的笛子。她的气势和着优美的笛音，立刻吸引了所有人的注意力。

41

第六章 书仙显灵

一幅巨大的《神异经》帛书瞬间出现在天空中，仿佛一片奇异的晚霞，随着缥缈的气流拂动，上面的每一个字都有一团云朵那么大。

53

第七章 百宝袋

献宝的小鲛人来往穿梭个不停，郑阿球面前的礁石上，「哗啦！」「哗啦！」闪闪发光的玩意儿越堆越高，很快堆成一座小型的珠宝山。

67

第八章 珍珠岛屿

夕阳垂挂在西边的天幕上，蓝天，碧海，白岛，四周美极了，也静极了，静得都能听到身体内血液流动的声音。

79

第九章 骨排，不是排骨

划出一千多米远，大家才有闲暇在夕阳的余晖中回头观望，只见洁白的小岛在碧海上发出氤氲的宝光，宝光琥珀色的晚霞笼罩着，看起来宛如蜃气幻景。

91

第十章 会移动的岛屿

大家顺着鸦鸦的目光看去，果然，远远的海平面上浮着一座小岛，小岛在朝霞的笼罩下发出淡淡的红光。

101

目 录

第十一章 水怪之谜

大家顺着郑阿球手指的方向看去，只见平静如镜的海面上，不知何时耸起一个黑影。海水哗哗地从黑影上分流下来，一股又腥又湿的气味弥漫在空气中。

109

第十二章 报喜鸟

小伙伴们在漫天飞沫中睁开眼睛，窥见漆黑的天际线上，渗出一线鸡蛋清般的透明光彩。光彩一点点晕染开来，最后晕成了淡淡的晨曦。

123

第十三章 大海蛇，夜明珠

血水已经散去，浮沙也已沉底，郑阿球看到大海蛇的尸体静静地躺在一海床的珍珠中，从头到尾大约有五百米长，仿佛一段巍峨的长城。

131

3

目 录

第十四章 张宏国民 … 139

小伙伴们眺望过去，只见那是一个半岛，地势倒还平坦，上头有树有田，房屋鳞次栉比，挨挨挤挤，让人一眼望之，顿生「密集恐惧」之感。

第十五章 堕落的四鸟 … 149

他们仔细望过去，见那些海鸬鹚形似人间界的仙鹤，只是比仙鹤小一些，而且通体羽毛漆黑，一个个形体枯瘦，仿佛铁铸的一般。

第十六章 苏小蛮的刀断了 … 157

大家的意见坚定而一致：跟阿普一起，去看一看进入大荒界的第一个凶险之地到底是怎样的。

第一章
天外飞仙

声！光！雾！火焰！

旋转！压力！传送！释放！

"咻！"一声若有若无的轻响，仿佛一枚炮弹射出枪膛。四个人来不及反应，甚至来不及感受，在某一个意识丧失的时刻，仿佛一朵"礼花"般绽放在异域辽阔的海面上。

这朵"礼花"不是由硝石和硫黄组成的，它的"成分"是年轻的血肉之躯。

唐古拉、苏小蛮、贺子春、郑阿球，四个人几乎是同时睁开眼睛的。

目光所到之处，清明广袤，无遮无碍。向上看，是淡蓝色的广阔晴空；向下看，是碧蓝色的无垠大海。他们的正下方，一个巨大的漩涡正在海面移动，发出虎啸龙吟般震慑人心的轰响。

"哇！"四只小灵兽不约而同地发出惊呼。迎接他们的大荒界，为什么不是莽莽苍苍的森林，不是鸡鸣狗吠的村庄，而是张着血盆大口的巨洋呢？为什么会是这样？这不是坑人吗？

"要死啦——"四只小灵兽惨叫着，一起往下坠落。海面上，漩涡的中心深不见底，要是掉进去，必死无疑！

所幸他们在空中的位置还很高，自由落体时旋转了片刻，八只手又牵到了一起。

"我没带救生衣啊！"郑阿球几乎要哭出来。

"就算带救生衣，掉进漩涡也不管用！"唐古拉大吼。

"看来只能拼游泳技能啦！"贺子春喊道。

苏小蛮用尖厉的声音说："不会有事的，相信我！"

四只小灵兽在猎猎的风中大吼大叫，互相交换着意见和感受。海面越来越近，他们闻到咸腥的海水气味，甚至有水沫飞溅到身上来。

幸运的是，这时候漩涡忽然变小了，而且速度非常之快，就像一张打着呵欠的嘴，在张大得吓人之际，随即又收拢了。风在这个时候，也倏然趋于止息。

四只小灵兽还是以自由落体的姿势，像四发直击海面的炮弹向下坠去。眼看脚就要触到海浪了，一只大乌龟忽然凭空浮现，"砰"的一声，八只脚稳稳当当地落在了龟背上。

大乌龟翩然下落在动荡不安的海面上，就像一只轻巧的救生筏。劫后余生的四只小灵兽一边擦拭着额头上的汗水，一边打量这只救了他们性命的"救生筏"。它和普通的海龟不大一样，有长长的蛇颈，有黑色的背甲，还拖着一条细细长长的尾巴。

"它为什么要救我们？"贺子春疑惑地说，而且这么大一只乌龟忽然凭空冒出来，也太奇怪了！

唐古拉和苏小蛮看向郑阿球。郑阿球无辜地伸出他的右手——他手腕上的玄武手环果然不见了！

原来，在紧要的关头，是玄武及时现出原身，救了大家。

"哦，谢谢你，阿球！"贺子春向郑阿球微笑着，表示感谢。

"恰好是咱们的专长嘛，应该的！"郑阿球笑着说。

玄武属水，有了它，哪怕落在大洋上，大家也没有生命危险了。

这时候漩涡的势能平息了十之八九，四只小灵兽又都把手脚伸进海里，拼命划水。于是大家离那张可能吞噬人的血盆大口越来越远了。

在不知不觉中，风停了，浪静了。从涡口脱险的四只小灵兽方才有暇打量这个异域的世界。

空气清冽透明，他们好像待在一个大水晶球里。极目远眺，既看不见陆地，也看不见岛屿，视野里只有碧蓝的海水和辽阔的长空。哪儿是东？哪儿是西？他们完全分不清楚——就算分清楚大约也没有用处，因为他们根本不知道，朝哪个方向走才能抵达海洋的尽头。

苏小蛮拉开背包，鸦鸦轻快地跳了出来。

"鸦鸦，你帮我们看看，陆地在哪儿。"苏小蛮吩咐鸦鸦道。

"好的，主人！"鸦鸦乖巧地答应。它振翅飞上蓝天，几秒钟后就不见踪影了。

大家默默地等待，很快，鸦鸦回来了。

"看不到陆地，但是往那个方向走，有一连串小小的岛屿。"鸦鸦用翅尖指着一个方向，伶牙俐齿地向主人汇报。

"去岛屿吗？"郑阿球征询伙伴们的意见。

"必须去啊，怎么都比这样四不靠强！那片岛屿，说不定是海上仙山呢。"唐古拉和贺子春异口同声地说。

"OK！"郑阿球采纳了小伙伴们的意见。

玄武以四足划水，向鸦鸦所指的方向进发。四个小伙伴背靠背倚坐着，眼前的颜色除了碧蓝还是碧蓝。有一点让他们感到庆幸——此处的季节似乎和人间界相反，吹到脸上的

风是暖暖的。

虽然有些微风，海面上却无波无浪，好像被神仙熨过的巨幅蓝色丝绸。这跟他们的认知完全不一样：人间界的海洋都是"无风三尺浪，有风浪三丈"，大荒界的海水却如此平静，太诡异了！

"这样接近凝固的大海，海水不知道会不会发臭？"苏小蛮自言自语似的说。

三个小伙伴抽了抽鼻子——其实不抽鼻子溅他们也闻得出来，海水非常新鲜，散发着咸咸的气味，溅起来的海水洁净，透明又清凉，像人间界的纯净水。

"也许下面有潜流，只是海水太深，我们看不见罢了。"唐古拉说。他的说法得到了小伙伴们的认可：海水颜色青蓝，虽然清澈，却看不出有多深——那显然是很深很深的！

不知道行进了多久，海水的颜色变了，由深沉的青蓝变成鲜艳的翡翠色。四只小灵兽的眼前出现了一片礁滩。这片礁滩形状狭长，好像一条绵延在海面上的山脉。

碰触到礁滩的刹那，玄武"咻"一声变回原身，化为手环重新缠绕在郑阿球的手腕上。

四只小灵兽踏上礁盘，游目四顾。太让人失望了：哪里是什么海上仙山！说岛屿都抬举了它，完全就是一些沙子和礁石。

不过，既来之，则安之，怎么都比在海上漂着强。四只小灵兽踏上礁石，考察了片刻，发现这儿很像热带的浅海，水是透明的，透过海水能看到悠闲游动的彩色小鱼，还有一些奇形怪状的珊瑚。眼目所见，风光绮丽，若在人间界，定是一处旅游休闲的好地方。

唐古拉挑了一块最大的礁石作为临时的营寨——这块最大的礁石，也还没他们大荒学院大。

他们打开背包，取出食物和饮料，稍微补充了一下体力。此时，四只小灵兽又开始面面相觑：没有翅膀，不能飞，怎么离开礁盘和大海呢？这真是一个伤脑筋的问题啊。

"既然来到这个世界，不会无路可走的。我吹支曲子，大家先静静心吧。"苏小蛮安慰着伙伴们。说着，她取出紫铜长笛，给大家吹奏曲子。

海风很轻，笛音清越，富有金属质感的乐声随着海风散布开去，相较于在人间界时，更多了一些优美。

小伙伴们听着笛曲，欣赏着碧蓝的大海，烦恼瞬时飘远了……

"呱？"鸦鸦忽然叫了一声，把大家的心神从笛音中拽了出来。

从鸦鸦的神态看，它好像发现了什么不同寻常的东西。

大家伙儿赶紧往四周瞧去，果不其然，不知何时，海面上多了一些东西，它们好像浮标一样组成一个不规则的半圆，把小伙伴们栖身的礁石团团围住了。

八只手不约而同地迅速探向各自的腰间去摸武器，大伙儿瞬时处于临战状态。

不远处的海水里，那些浮标似的东西依然静止不动。不仅如此，同样的东西不断地从海水里冒出来，就像雨后的蘑菇冒出草丛一般。

四只小灵兽仔细地打量着那些东西。只见它们看起来很像人，都有海藻一般的长发，略近于圆形的面孔，面孔上还长有两只黑眼睛，一条直鼻子，一个红嘴巴。那双眼睛眨呀眨的，露出一副既疑惑又惊异的表情，看起来太吓人了。

"妈妈，我怎么听不到了？"

空气里传来一个稚嫩的声音，听起来委屈中带着气愤。四只小灵兽急忙朝发出声音的方向看去，发现那是一个五六岁儿童模样的小东西，伸着两条藕似的小胳膊，被一个白脸黑头发的大东西抱在怀里。

"谁让你出声的？"小东西脑袋上挨了一巴掌。

"哇——"小东西张大嘴巴哭了，嘴巴大得四只小灵兽都能看到它喉咙里的悬雍垂。

尖厉的哭声使那些东西的神情变得紧张，四只小灵兽的心却放了下来：忽然出现在他们眼前的原来是人类。就跟他们向漩涡中心掉落时出现玄武一样，在濒临绝境的时刻，忽然之间，柳暗花明。

灵兽远征军探向武器的手又抽了回来，迟疑着扬到空中，做着阅兵式中"同志们辛苦了"的姿势。他们甚至交换了一个庆幸的眼神——大荒界的居民，使用的语言和人间界完全一样啊，都是当代汉语。看来此次跨界行动，不必担心在语言上碰到障碍了。

他们不知道的是，身为灵兽，无论遇上谁，他们都会和对方语言相通的。灵兽就是灵兽……

四只小灵兽扬起来的小手开始欢乐地摆动，与之配合的是，四张小脸上绽放的友好明媚的笑容。

大荒界的居民们迟疑了片刻，也开始摆手了。紧张的局面刹那间得到了扭转。

"嘿，大家都好吗？"四只小灵兽热情地跟当地居民打招呼。

"好！好！"当地居民不仅摆手，还摆尾巴，许多许多条欢乐的尾巴——是的，他们每一个人，无论大小，身后都拖着一条鱼形的尾巴。

小灵兽们脸上的欢乐表情，忽然消失了。

原来眼前的大荒界居民不是普通人类，而是早已在人间界绝迹的鲛人！

说句实在话，四只小灵兽心底有片刻的失望，但是很快，他们的失望又被释然取代——大荒界遍地奇民异兽，在大海的中心看到鲛人并不奇怪，甚至是理所应当的。

四只小灵兽所栖身的礁石好像忽然间变成了磁石，鲛人像铁屑似的，纷纷被吸引过来。有几个冒失的小鲛人甚至试图爬上礁盘，被一个清瘦的男性鲛人制止了。

"你们从哪里来？"沉默了片刻，那名清瘦的男性鲛人开始问话。

四只小灵兽面面相觑。怎么回答呢？告诉他们从人间界来？或者干脆说是从中国来？似乎都不大合适。这些鲛人看起来还处于未开化状态，实话实说会不会吓着他们？

"我知道了，你们是神仙，从天外来。"在四只小灵兽踌躇的时候，清瘦的男性鲛人自行下了判断。

"呃。"四只小灵兽对了对眼色，没有急于否认——既然人家这么认为，最好的办法就是认下，不然害人家多没面子！而且从事实上说来，这位鲛人的推断是正确的，他们来自天外，虽然不是什么仙人……

"差不多吧。"唐古拉说。

鲛人群中响起一片嗡嗡的赞叹声，海水都起了波浪。

"果然是天外飞仙，你看他们的样子比那些鸟人好看多了！"

"我看第一眼时就知道啦!不是天外飞仙,哪有那么好听的声音?"

"我活了两百岁,还是头一回看到天外飞仙呢。一定有好事情要发生了!也许我们的苦日子就要到头了,大家伙儿等着瞧吧!"

……

清瘦的男鲛人一直盯着他们看,脸上没有一点儿笑容。

"我可以问你几个问题吗?"唐古拉向清瘦的男鲛人点头致意。

"可以。我叫阿曼,不管你问什么,只要我知道的,都会如实回答。"阿曼十分恭谨地说道。

"谢谢!我只想知道我们现在是在什么地方,怎样才能去最近的陆地。"唐古拉说。

"这里是无波之海。至于怎样去陆地,我就不知道了。"

阿曼的神情似乎有些黯淡了。

第二章
酋长大人

唐古拉看了看贺子春。连土著鲛人都不知道怎样去陆地，事情看起来麻烦了。而且，无波之海这名字好奇怪——世间怎么会有无波的海洋呢？

阿曼像是看穿了唐古拉的心思，他解释说："这片海洋总是很平静，一般没有大风大浪，所以叫无波之海，除非……"阿曼忽然顿住了，不再往下说。

"除非什么？"唐古拉追问。

阿曼转过头，用征询的眼神望向身后的同胞。

"阿曼，我认为应该请天外飞仙去见酋长！"一个强壮的男性鲛人说道。

"对！不能怠慢了飞仙，要让酋长接待他们！"许多成年鲛人纷纷附和着说。

"我也这样认为。"阿曼慢条斯理地说着，又回过头看着唐古拉他们，"请飞仙跟我们去海底吧。你们身份尊贵，应该由酋长来接待。有些话，就让酋长告诉你们吧……"

没等阿曼把话说完，小伙伴们都瞠目结舌了。去海底？开什么玩笑？他们又没有潜水艇！

"不去！绝对不去！"四个小灵兽一齐说，他们恨不能变身海葵，用无数只摆动的手来表示反对：你们鲛人的海底，我们去不起！虽然酋长有可能告诉他们如何去陆地，但是淹都淹死了，要陆地有什么用？

阿曼的神情变得有点疑惑了，他的同胞们也一样。看起来天外飞仙不喜欢大海，难道他们是"旱飞仙"？

"那，请您跟我们走一趟吧。至少应该有一位飞仙去啊。"无可奈何的阿曼转头看向郑阿球。

"什么？"郑阿球吓得一哆嗦，他心想：有没有搞错？这位鲛人使节，怎么看上其貌不扬的我来了？难道我长着一副很好欺负的面孔吗？

看到郑阿球气愤又恐惧的表情，阿曼说："没事的，您跟他们不一样，海水不会对您造成伤害。请相信我！"

郑阿球拨浪鼓一般乱摇的头顿住了：阿曼是什么意思？海水不会对我造成伤害？难道我是淹不死的神人吗？

"你不是开玩笑吧？"郑阿球冷冷地看着阿曼说。

"不是开玩笑，真的。您身上有一种水的气息，这是其他三位飞仙身上都没有的。"阿曼神态特别诚恳地说道。

郑阿球有点疑惑，难道自己跟玄武一样，在对付水的方面，有什么通天的本事？

"试试看吧，阿球，我相信你！"唐古拉怂恿道。

"嘀！你说得轻巧，出了事淹死的是我，不是你！"郑阿球又把头摇得像拨浪鼓。

"别摇头，听我说！你记不记得金主任曾经说过，我们没那么容易死掉？玄武属水，你在水方面的本领，应该还有没开发的地方，你肯定不会被淹死的。"贺子春急急忙忙地提示道。

苏小蛮微笑着不作声，但是她脸上的表情跟唐古拉和贺子春一样，满满地写着怂恿。

也许可以试一试，郑阿球心想。他迟疑着把脚探向海水。

这当儿，唐古拉忽然飞起一脚，像踢足球似的，把毫无防备的郑阿球铲入海中。

"坏蛋！害死人啦！"落入海水里的郑阿球一边狂呼乱喊，一边拼命划水自救。他虽然学过游泳，但那是在学院里的游泳池，跟汪洋大海完全不能比。唐古拉这样从背后害他，太过分了！上去以后他非要以牙还牙不可！

几个小鲛人游过来，轻轻拉住郑阿球的衣服，把他往海水里拖。郑阿球绝望地闭上眼睛，屏住呼吸，做好被淹死的准备……

可是，好奇怪！屏住呼吸的郑阿球既没有感到憋闷，也未察觉到任何不适，完全就像在空气中一样自在。郑阿球疑惑地睁开眼睛，眼球也丝毫不觉难受，完全不是想象的，被盐水"杀"的感觉。

难道他是两栖动物吗？或者可以用皮肤交换氧气？没听金主任说过啊。郑阿球是在大荒学院学会的游泳，完全是三脚猫的水平，一下泳池就不停地碎碎念："我不要呛水！我不要淹死！再撑一会儿就上去啦！……"他哪里会知道，自己原是两栖动物呢？

可是现在，郑阿球浮游在碧蓝的海水里，确实自如得像鱼游在水中一般。跟着小鲛人上上下下游了几趟，感觉轻松极了。

郑阿球一颗悬着的心，彻底放了下来。

无波之海非常清澈，水下十米望过去毫无障碍。因此，唐古拉和贺子春、苏小蛮三人，都能看到郑阿球在海水里自由遨游的泳姿。

唐古拉暗暗地松了一口气：果然，玄武就是玄武，水陆两栖的属性早已注定了。

也许，他和贺子春、苏小蛮身上，也都潜藏着未曾开发的"开挂"属性，谁知道呢？

唐古拉向郑阿球挥手，示意他可以下去了。郑阿球做了个"OK"的手势，跟着一队鲛人潜入大海深处。

所有鲛人都跟着水陆两栖的"天外飞仙"下海去了，平静无波的海面上，只留下一脉礁石，以及三个小"飞仙"。

所有的鲛人都像羽箭一样游得飞快，郑阿球紧紧地跟着，心里想：早知道就把背包留在礁石上好了，带着这个大家伙在水里游，阻力大增……但是他并没有时间多想，五光十色的海洋生物从他身边掠过：淡粉红的水母，红白相间的小鱼，通体发出钢蓝光芒的龙虾，褐藻，鹿角菜……简直让人目不暇接。而且鲛人游泳的样子那么美！所有鲛人都身缠层层叠叠的轻纱。那些纱，质地轻薄，颜色淡雅：月白、浅红、宝蓝、鹅黄、粉绿……随着身体的摆动在海流中翩然摇曳，比花丛中飞舞的蝴蝶还要优美。除了缠身的轻纱，所有鲛人都拖着数重长长的纱裙。无数飘逸的纱裙在碧海曳过，仿佛喷气式飞机的长尾，而且是轻盈的、颜色变幻无穷的长尾，让人赏心悦目。

郑阿球细心数了一下，发现所有鲛人都缠着十几层纱衣。十几层纱衣缠在身上，却依然是那么轻薄飘逸，没有丝毫的累赘之感，这让他想起文物图片里看到过的，马王堆汉墓出土的那件素纱襌衣。鲛人的纱衣，质地应该比素纱襌衣还要轻薄，到底是用什么材质做成的呢？

郑阿球惊叹着，疑惑着，跟着鲛人直向大海深处游去。

游了不知多久，郑阿球感觉到有点累了，动作渐渐慢了下来。这时候几个小鲛人凑过来说："别泄气，马上就到了！"

果然，转过一片嵯峨的海岩，鲛人聚居的群落赫然出现在眼前：就像电视里吉卜赛人的营地一样，岩下广袤的海床上扎着无数帐篷，一些年老的鲛人在帐篷间游来游去，拉家常，遛孩子。

"天外飞仙！天外飞仙！天外飞仙！"小鲛人的口号响彻海床。

顷刻，帐篷间闲游的鲛人都围了过来，想要一睹天外飞仙的风采。

"去见酋长！去见酋长！去见酋长！"小鲛人的口号又换了一套。

"去见酋长！去见酋长！去见酋长！"所有鲛人都加入呼喊口号的队列中。

眨眼之间，鲛人组成一支浩浩荡荡的队伍，簇拥着郑阿球这个"天外飞仙"，向酋长居住的洞穴快速游去。

酋长居住的洞穴非常大，有多处与外界互相通连，因此并不缺乏光线。

郑阿球细细打量洞中环境：高大，宽敞，洞顶突出无数巉岩。巉岩形状各异，或如吊灯，或如垂花，或如钟鼓，好像是特意保留下来的装饰品。洞壁十分光滑，显然经过了人工打磨。洞底铺着厚厚一层白沙，仿佛一块巨大的白羊毛地毯，让整个洞穴显得华贵又肃穆。洞的四周靠着石壁处堆了一些东西，中间是一大片空地，空地中间立着一根法杖，那根法杖是由整根红珊瑚树做成的，杖身弯曲，杖顶虬结，好似一个图腾的形状。

"我来了！我来了！"随着狼狈的嘟哝声，一个年老的鲛人从洞外游进来。他全身缠满朱红轻纱，头戴红珊瑚高冠，一大蓬雪白的胡须在红纱和红珊瑚的映衬下，显得分外醒目，一望便知是位重要人物。

老鲛人游到法杖之下，背靠法杖站定，一双眼睛疑惑地盯着郑阿球。

这位老鲛人，自然就是酋长大人了。

"天外飞仙！天外飞仙来啦！"小鲛人们争相向酋长报告。

"我真看到天外飞仙啦？头一回，啊，真有点不太习惯。"酋长大人审视着郑阿球，嘴里直咕哝。

郑阿球心想，作为一位比"酋长"高级得多的"天外飞仙"，他无论如何不能输了气势，于是他瞪大眼珠直视回去。

"啊，你不要这样看着我！"酋长大人忽然低下头，羞怯得像个小女孩。

阿曼凑到酋长身边，轻声提示他道："酋长大人，欢迎飞仙来我们鲛人部落。"

"啊，是！欢迎飞仙到我们鲛人部落来。"酋长像个应声虫似的大声说。

"嗯。"郑阿球努力让自己显得气派庄严。接下来他应该说什么？"免礼平身"吗？或者"有劳大驾"？郑阿球拼命转动脑袋，终于想起一个不那么牛气但是更合适的词。于是他说："打扰您了！"配合着这句客套话，郑阿球还轻轻地低了一下头。

酋长大人显然对"天外飞仙"的谦逊态度很满意。他得意地跟阿曼说："不愧是天外飞仙，态度比那些鸟人好多了。"

阿曼没有回应酋长的话，神情却变得愁苦起来。

郑阿球忽然想起到这里来的目的。除了观光之外，他还需要打听一件事。

"请问酋长大人，您知道怎么去陆地吗？"郑阿球彬彬有礼地问。

"这？不知道。"酋长大人的脸阴沉了下来。

郑阿球惶惑地盯着酋长大人的白胡子。什么意思？他这样一副丧气脸，是怕他留下来白吃白喝吗？还是怕他马上拍屁股走人？

阿曼似乎听到了郑阿球心里的碎碎念，他招了招手，立刻有鲛人捧上数只大盘。郑阿球定睛一看，盘里满满地堆着食物，看起来都很诱人：有透明果冻状的，有雪白像肥肉的，还有一些像塑料一样的树枝。不过没有他最爱的炸鸡，郑阿球瞬间感到失望。

"味道很好的，您尝尝看。"阿曼似乎是郑阿球肚子里的蛔虫，洞悉了他的想法。

郑阿球将信将疑，拈起一段"树枝"放进嘴里咀嚼——啊！这不就是鹿角菜吗？

另外几样可能也是海生植物，郑阿球无论尝哪一样，嘴里都是一股海带味。看来鲛人都是素食主义者。只是，他们喝什么饮料呢？海水，或者连海水也不喝？也许他们不需要喝任何东西，光用皮肤就能跟海水进行分子交换了……

郑阿球正在那里胡思乱想，阿曼贴到酋长大人耳边跟他说了几句话。酋长大人的神情变得有点为难，他陷入了沉思。

"酋长大人！"郑阿球咽下鹿角菜，继续刚才的话题，

"所有的海洋都有边界,这儿是无波之海,不是无边之海,所以我推断,应该有陆地存在。"

"对。"酋长大人掉了魂似的直点头,"所有的海洋都有边界,我们无波之海也不例外。但是,飞仙!您真要急着离开这里吗?能不能留在这儿……"

"那是不可能的!"郑阿球又像海葵似的不停摆手。

酋长大人的神情变得越发失望,甚至所有的鲛人,都跟被盐腌了似的蔫了下来。

郑阿球再傻,也看出一些蹊跷来了:这个部落的鲛人似乎很需要"飞仙"留下来。留下"飞仙"做什么呢?当偶像供奉?还是鲛人族有着某种古老的传说——"飞仙"都长着一身唐僧肉,吃了就能长生不老?

第三章
鲛人，苗民

正在郑阿球胡乱猜测之际，那位善于揣摸别人心思的阿曼先生又说话了。

"飞仙，有些事您可能不知道。"阿曼游近郑阿球，眼神中透出无限忧虑，"我们鲛人一族，在无波之海生活了无数世代。无波之海洁净温暖，是世间罕见的乐土，但是，很多年来，我们的日子过得并不太平。从前，有大海蛇凌虐，害我们族类不知流了多少泪水，近年刚好些，又来了一批鸟人欺负我们……"

郑阿球疑惑地看着阿曼。海中有海蛇是难免的，海蛇长得特别巨大也是有可能的，但是，鸟人是怎么回事？在人间界，这词只是一句骂人话，难道在无波之海，真有这种奇葩的生物？

"鸟人是最近几年搬到无波之海的，他们身上长有羽毛和翅膀，能飞。我们都叫他们鸟人，不过，他们称呼自己为苗民……"阿曼又猜出了郑阿球心里的潜台词。

郑阿球点点头，表示明白了。《神异经·西南荒经》记载着："西荒中有人焉，面目手足皆人形，而胳下有翼，不能飞。为人饕餮，淫逸无理，名曰苗民。"现在阿曼说苗民能飞，显然是在漫长的历史演变中进化了……不过，他们怎么从西南大荒中搬到海上来了？或者，在大荒界也有沧海桑田的现象？

在郑阿球胡思乱想的同时，阿曼继续往下说："鸟人刚来的时候，我们把他们当作芳邻，倾尽全力，对其友好……"有一件事阿曼没好意思说，那时酋长大人还以为鸟人就是天外飞仙，拼命拿热脸去贴冷屁股，没想到却是热脸贴在了烙铁上，弄得自己皮焦肉烂。唉，真是往事不堪回首啊！

阿曼切断回忆，继续刚才的话题："没想到他们生性嗜杀，只以活鱼活虾为食。我们想，这也许是上苍的旨意，所以也没多作纠结。但是，鸟人对我们鲛人，真是极尽欺凌之能事。他们强迫我们做交易，交易又都非常不公平。从他们摆出的姿态来看，是想以鲛人为奴，做海上的霸主。"

"对，就是这样！"酋长大人连忙说。不仅酋长大人，洞里所有鲛人都随声附和，那些人云亦云的小鲛人更是一副义愤填膺状。

"需要我们做什么吗？"郑阿球就算再不识趣，也知道天下没有免费的午餐。鲛人如此热烈欢迎天外飞仙的到来，又如此小心翼翼地款待他，肯定是有要事相求。

果然，阿曼一脸郑重地说道："需要。我们非常需要你们的帮助，因为你们是天外飞仙，天外飞仙的威名足以震慑鸟人。我想请求飞仙们警告鸟人，让他们安守本分，不要再做过分的事情。"

"是的。"酋长大人也凑过来说，"很久很久以前，还是在海蛇凌虐的时代，我们鲛人族中就有一个传说：在末世，将有天外飞仙降临无波之海，他们会拯救鲛人一族于水火。传说了这么多年，飞仙果然来了……"

郑阿球的心情郁闷极了。鲛人看过他们飞吗？凭什么认定几个陌生小屁孩就是天外飞仙？是因为我们奇怪的装束？眼下，我们连自己的难题都解决不了，还怎么管你们那些陈谷子烂芝麻的事？

不过，郑阿球什么都没说。当面回绝无疑不大礼貌，而且，对方是土著居民，他们初来乍到，人生"海"不熟的，非常需要依靠"地头蛇"渡过难关——虽然跟鸟人比起来，懦弱的鲛人实在当不起"地头蛇"三个字，但是，他们毕竟是世代居住在无波之海的古老种族，说不定有什么本领是他们独有而又可以利用的……

郑阿球在肚子里打着如意算盘时，阿曼又说道："飞仙！请您告知那三位飞仙，大家商议一下，肯定有办法。"

"好吧。"权衡了一番后，郑阿球答应了。

郑阿球要返回海上了，所有男性鲛人，包括酋长大人和阿曼，都一路恭送郑阿球到海面。还有专人带着礼物——几个鲛人阿姨把大盘的鹿角菜和海带精制品，恭恭敬敬地用脑袋顶着放在礁石上。

"小小礼品，不成敬意！"酋长大人客客气气地向唐古拉三人拱手。

"多谢多谢！"唐古拉三人连忙还礼。

"谢谢，你们回去吧。我们要商量一下。"郑阿球跟酋长大人说。

"嗯，拜托啦。"酋长大人谦恭地笑着，眼睛在白眉毛下面眯成了一条缝。

等到全体鲛人潜回海下，唐古拉来到郑阿球身边，问他："他们似乎太过礼貌了，害得我都有了心理压力！下面的情形怎么样？你汇报一下。"

"先吃鹿角菜，我等一下就告诉你们。"郑阿球说。

大家盘腿坐在礁石上，嘴里咯吱咯吱地嚼着鹿角菜，听郑阿球实况转播"飞仙访问鲛人部落友好纪行"……

一大盘鹿角菜吃完了，郑阿球也圆满完成了他的转播。

"就这样。暂时没办法去陆地，只能先跟鲛人混。你们有什么主意没有？"郑阿球征询伙伴们的意见。

"我认为，能帮就尽量帮助他们。我们此行的目标虽然是混沌，但是除暴安良也是盘古叔叔一直以来的意愿，你们说对不对？"贺子春率先说出自己的想法。

"我同意贺子春的说法。"苏小蛮说。

"我们还没有见过鸟人，这话说得有点太早。现在我们不清楚鸟人实力如何，究竟谁是谁非也不知道，还是等情况都探明了再说吧。"唐古拉还是比较谨慎。

"也好。"郑阿球点头。唐古拉的意见也有道理，正所谓知己知彼，百战不殆，大家都是读过兵书的人，这点利害还是应该牢记的。

于是共识勉强达成：尽力帮助鲛人，至于去陆地的事，以后等机会。

"对了，你在海底是怎么呼吸的，能不能教教我们？"唐古拉忽然把话题一转，落到郑阿球身上。

郑阿球顿时来了精神。

"哪里用得着呼吸啊！完全是水陆两栖模式智能切换！

不用呼吸也感觉不到难受，就好像是用皮肤交换氧气一样……"

"牛人！"唐古拉和贺子春满脸都是羡慕。

"我明白了。你从前那身壳，墨镜叔叔替你打掉了，新换的白皮肤就有了交换氧气的功能。"细心的苏小蛮分析其中原因。

"啊？还是你心细，我居然没有想到！早知道这样，还怕什么游泳池！还怕什么大海！啊，对了，玄武也不是我有意召唤出来的，它好像是危急时刻自动现身！"郑阿球补充说。

"你太厉害了！我一点儿都感觉不到青龙的动静。"贺子春的表情有点惆怅。

"没事的。我也感觉不到麒麟。"唐古拉安慰贺子春。

"我也感觉不到朱雀的存在。"苏小蛮说。

为什么是玄武最先现身呢？为什么是郑阿球获得了惊人的进化？他们拼命想，可是想不明白。

大家正在沉默着，海面忽然又冒出一些"蘑菇"。原来是小鲛人，他们趁大人不注意悄悄溜上来，再次瞻仰"天外飞仙"的风采。

好像所有生物的幼年都很可爱。这些小鲛人，一个个脸圆圆的，胳膊胖胖的，一节一节的，看着很像藕。小伙伴们看着可爱的小鲛人，暂时忘却了心头的困扰，纷纷招手逗引起来。

"喂！小家伙！"

"天外飞仙！"小鲛人兴奋地叫嚷着。

"过来！过来！"八只循循善诱的手频频挥动。

小鲛人们既胆怯又兴奋，一个个傻笑着，直向礁石上靠。

苏小蛮拉上来一个鲛人小女孩，让她跟自己并肩坐在礁石上。鲛人小女孩一脸羞涩，玩弄着腕上的珊瑚手串，低着头不说话。

"你叫什么名字？"苏小蛮笑着问。

"我叫采桥。"小女孩回答。

"我也有这个。"苏小蛮给采桥看她腕上的朱雀手环。采桥目不转睛地盯了半晌，说："看起来很像红珊瑚啊。不过它太漂亮了，我从来没有见过比它更好看的红珊瑚……"

郑阿球看着苏小蛮和采桥，不住地摇头，"唉！看来不管是在人间界还是大荒界，只要是女孩，就没有不喜欢首饰的。"他转头牵住一个鲛人小男孩的手，问他："你们那个阿曼挺厉害的，他是代理酋长吗？"

"不是！"小鲛人头摇得像拨浪鼓，"阿曼现在还不是酋长，但是大家都说，等现在的老酋长退休之后，他就会是新酋长了。你看到没有？老酋长老啦，而且他喜欢玩，不喜欢干正事……"

"我看出来了。"郑阿球笑眯眯地说。

此时夕阳正坠向海面，天际被晚霞烧得通红，碧绿的无波之海变成了金碧辉煌之海。四个小伙伴没有一个曾在人间界见过海洋：三个是因为贫困所限，另一个——贺子春倒是有钱，但是他那时没有视力。他们都不知道人间界的海洋究竟有多美，不过现在，他们见识到了大荒界的海洋：美到登峰造极，完全能打一百二十分。

趁着天光尚好，大家打开背包，开始在礁石上搭帐篷。背包的防水性能特别好，郑阿球的行李一点儿也没湿。他哼着歌儿，在鲛人小男孩的帮助下，把帐篷成功搭起来了。

"你们的东西真好用！"干完活儿后，清仔留恋地抚摸着郑阿球的帐篷——这工夫郑阿球已经知道了他的名字。

"真的？我觉得没有一样好。"郑阿球故意逗清仔。

"那是你觉得。我可知道，你们的衣服、屋子，比我姐姐她们织的绡要好很多倍！"

"鲛绡？是你们缠在身上的那种东西吗？看起来很漂亮，不过我没机会仔细看……噢，你要是拿一匹鲛绡来给我看个仔细，我就知道究竟哪个好了。"

"那是要留着跟鸟人做交易的……不过，只要你想要，我就有办法，等明天我弄一匹来给你！"清仔拍着胸脯保证。

"好清仔，有前途！"郑阿球高兴地抚摸着清仔的脑袋。

"不过，飞仙，你能给我们听那种好听的声音吗？就是……"清仔羞涩地做了一个吹横笛的手势。

"小蛮，听到没有？笛子吹起来！"郑阿球转头命令苏小蛮。

苏小蛮的帐篷在采桥的帮助下也已搭好了，现在无事，于是她抽出紫铜长笛吹奏起来。

清越的笛音在落满紫霞的海面上飘荡着，不多时，"蘑菇"三三两两，打海水里冒了出来。

"好听！真好听！"苏小蛮的笛曲俘获了所有鲛人的心。有鲛人潜回海底，带上箜篌来弹。鲛人的箜篌是以珊瑚作架，鲛丝为弦，形制非常优美，试弦三两声，就把"飞仙"们的注意力吸引过去了。

那名鲛人乐师把箜篌抱在胸前，凝神弹奏。鲛丝弦在他指下发出叮叮的声响，听起来具有一种特别的感染力。

一曲终了，郑阿球忍不住问身边的阿曼："你们的箜篌在海底也可以弹吗？"

"弹是可以，但音色跟在海上相比有很大不同。所以，这片礁石对我们来说非常重要。"看到郑阿球脸上疑惑的表情，阿曼解释说，"天气好的时候，我们喜欢待在礁石上晒太阳，弹琴唱歌。今天因为飞仙的到来，海面上刮起多年不见的异风，大家才避入海底……"

"噢。"郑阿球点着头，心想，他们果然自带飞仙效果，甫降异界，便狂风大作……

"在鸟人眼里，这片礁石也同样重要。因为无波之海一片浩瀚，缺少岛屿，只有在这儿鸟儿才有歇脚之地，才能进行海市交易……"阿曼继续说。

"那，海市什么时候举行呢？我们人类，哦不，我们'飞仙'的家乡有个说法叫逢集……"郑阿球有点期待看到鸟人了。

"月亮接近最圆的那个白天，也就是后天，鸟人就会飞来了。"阿曼凝视着远方的海平面，神情忧郁地说。

四只小灵兽不约而同地望向阿曼所看的方向，只见那里烟波浩渺，茫无涯际。他们都有点疑惑起来：既然无波之海上没有岛屿，周围也没有陆地，那么那些鸟人到底住在哪里呢？难道是住在云端不成？

第四章
鲛人版郑阿球

月亮升了起来。

那是很大很白的一轮圆月,几乎就是满月。

月光照着波光粼粼的海面,景色跟白日相比,又有了很大不同:非常清幽,绝无凡俗之气,四只小灵兽屏息静气地东瞧西看,都有点疑心是在梦里。

然而,等鲛人上来后,礁石上立刻喧闹起来了。

很多鲛人带来了乐器:螺号,编贝,箜篌,手鼓……他们不停地演奏,中间还穿插着各种独唱、和歌。

无论男女,鲛人的歌声都很优美。

四个小"飞仙"默默地欣赏这场盛大的音乐会,虽然心旷神怡,却也有不安之感——鲛人经常这样鼓乐大作,混沌会不会循声而来呢？或者引来其他异兽？

唐古拉问阿曼："有没有异兽打扰到你们？或者有别的欺负你们的势力？"

"没有。除了早年间的大海蛇，还有现在的鸟人，我们无波之海一直很太平，连个人影都没有飘进来过。"阿曼说。

唐古拉不再吱声，他开始思索……

午夜时分，音乐会散场。鲛人都下海休息去了，四只小灵兽也钻进了各自的帐篷。

一夜安眠，一宿无话。第二天清早，通红的太阳重新在无波之海上升起，小"飞仙"们方从酣睡中醒来。

对于"飞仙"们来说，露宿海上固然是种新鲜体验，无所事事的白天也很好玩。吃过鲛人供奉的海菜后，大家全部轻装上阵：赤脚在海滩上戏水，寻找五颜六色的贝壳，去沙子底下挖碎珊瑚……每找到一样好看的东西，他们都如获至宝，珍重地收藏在身边。

但是，"飞仙"们的藏品受到了所有鲛人的鄙视。

"扔掉！扔掉！"一些鲛人小孩说。

小鲛人潜下水去，很快便带回各自的收藏品：珍珠、碧玺、珊瑚、琥珀……各种各样的宝贝呈现在阳光下，每一样都晶光耀眼。

"瞧瞧我们的，哪一个不比你们的漂亮一百倍？"

郑阿球贪婪地盯着那些宝贝，眼眶里几乎伸出小手来。

"喜欢吗？都送给你！"清仔看出郑阿球的"宝贝我所欲也"，他把碧玺珊瑚等，都往郑阿球的口袋里塞。

"这怎么好意思呢？"郑阿球假意推辞道。

"我们要它又没有用处！你要是喜欢，下面还有，闲了我再给你找。"清仔慷慨地说。

郑阿球激动得几乎泪流满面。他发财了！终于发财了！这么多好东西，在人间界能换多少钱啊！要是送给小露姐姐，她一定高兴死！就是不知道金晋允不允许他们夹带私货呢，要是允许的话，他们完全可以从大荒界往人间界贩运珠宝，走上脱贫致富并周济天下苍生的道路！

捧着珠宝，郑阿球畅想着未来，飘飘欲仙，都不知身在何处了。

"你们就是用这些，跟苗民做交易吗？"唐古拉问逐波而来的阿曼。

"不，他们只要鲛绡。"阿曼淡淡地回答。

"这些不当作货币使用？"

"那只是孩子的玩具罢了。"阿曼瞟着珠宝的目光就像瞟着尘土，"跟鸟人的交易，主要是我们用鲛绡换他们的陶器和铜铁制品。铜铁在海水里容易生锈，所以需要经常更换……"

唐古拉皱起眉头，陶器可以理解，用来装海菜啦，放杂物啦，但是，鲛人要铜铁制品做什么呢？

"有地方需要铜铁？"

"当然有。箜篌用铜弦或铁弦，声音会好听很多。另外我们还需要拥有兵器，没有兵器，遇上外敌欺侮的时候，就束手无策，只能任人宰割……"

唐古拉默默思索：鲛人似乎不需要武器，无处不在的海水完全就是他们的屠场——往海水里一拖，什么山霸王、飞将军，全部淹死。不过，唐古拉转念一想，鲛人世代生活在无波之海，也没有机会结上山霸王、飞将军之类的仇家。哦，鸟人算是飞将军？不过他们只是近年才出现，鲛人真正的敌人，应该还是海中生物。

正当唐古拉思索的时候，阿曼又说道："从前，在大海蛇为害的时候，我们想方设法弄来兵器，训练勇士，可惜勇士还没训练好，武器就锈坏了……一次又一次，浪费了很多时间和精力……"

唐古拉同情地看着这位鲛人。唉，住在海里真倒霉，如此恶劣的环境，机关枪到这里也成废铁了，别说是冷兵器。

"你们和鸟人发生过战争吗？他们住在哪儿？就靠一对翅膀长途奔袭？"唐古拉问阿曼。他挺纳闷的，附近没有陆地，也没有岛屿，鸟人是怎么在无波之海生活下去的？

"跟鸟人没有发生过战争。我们鲛人一族，早已习惯了逆来顺受。"阿曼用手指着一个方向，"鸟人在那边的海上用树枝和海藻搭建起浮屋。他们都住在浮屋里，过来要大半天时间，所以，交易的日子要选在月圆之夜，方便他们夜间行路。"

唐古拉望着有鸟人居住的方向，心中的疑惑挥之不去：他们从哪里来？为什么要住在这种对于他们来说环境非常恶劣的地方？其中一定有着不同寻常的缘故。

下午，郑阿球看腻了浮云和海水，就跟伙伴们说："老是大眼瞪小眼，挺没意思的。我想到海底逛逛，你们谁要跟我一起？"

没有一个人理睬他。郑阿球得意扬扬的表情，只换来几个愤怒的白眼。

"不去就算喽。好心邀请，被人家当成驴肝肺！"郑阿球笑嘻嘻地絮叨着，一个猛子扎进海里。

下到鲛人聚居的地方，郑阿球看到一些女性鲛人正在忙碌地游来游去，准备明天用来跟鸟人交易的货物。而所谓的货物就是酋长洞穴里堆放的那些鲛绡。一匹匹鲛绡经女鲛人的纤纤玉手仔细检视过，又用海草捆扎整齐，再吊上珊瑚坠子，看起来很有卖相。

郑阿球自然不会放过见识异邦珍宝的机会。他凑上去抚摸鲛绡，觉得手感非常细滑，有点像他穿过的羽绒服的面料——当然了，人家的鲛绡比那些尼龙要高级得多，至少是纯天然织物……郑阿球忽然想起来了，在海底世界，没有桑，没有蚕，那么鲛人是用什么材料织出鲛绡的呢？

"喂，你们的鲛绡是怎么织出来的？"好奇心爆棚的郑阿球忍不住问一位女性鲛人。

"用鲛丝织的。"女性鲛人答道。

"那鲛丝是怎么来的？"郑阿球继续问。

"鲛丝是纺出来的。"女性鲛人强忍着嘴角的笑意。

"怎么纺？用什么材料纺？"郑阿球一副打破砂锅问到底的样子。

"你跟我来。"女性鲛人招招手，引导郑阿球游出酋长的洞穴。

女鲛人绕着岩石游了差不多半圈，郑阿球紧紧地跟着她。

陡峭的岩壁之上，有许多眼风浪击打雕琢而成的洞穴，就像公园里摆放的太湖石一样，显然有了些年头。

女鲛人带领郑阿球游进一个洞穴。从洞穴里头的布置来看，这儿是处工场。到处都摆着织机，许多女鲛人坐在织机后面，正在埋头织绡。

郑阿球很想到织机那里看个究竟，谁知道女鲛人停也不肯停一下，又带他进入相邻的一个洞穴。

郑阿球游进洞去，看到这儿是个纺线车间，许多女鲛人坐在纺车后面舞动双手。她们面前巨大的飞轮上，晶光闪闪的，是比蛛丝还要细的鲛丝。

女鲛人仍然没有多作停留，又带郑阿球进入下一个洞穴。

这个洞穴不仅大，而且有一部分露于海面之上，天光通透，风也可以直灌进来。涌动的海水不停地拍打石壁，把那里琢成一排排的石级。石级上，有男鲛人在用吊锅熬煮东西，燃烧海草的青烟刚一冒出，就被海水倒灌造成的负压吸走了。

"用海藻熬出胶来，再混合一些鳞胶，就能纺成鲛丝了。把鲛丝织成绡，就是你所看到的那些轻薄的丝织品了。"女鲛人像个解说员似的跟郑阿球解释。

"鳞胶？鳞胶是什么？"郑阿球的好奇心是永远不会被满足的。

"就是鱼鳞熬成的胶。不过我们鲛人心肠最软，不忍心加害同为水族的鱼类，一般都是用自己的鳞片……"

"自己的鳞片！那不会痛死吗？"郑阿球失声惊呼。

"痛也没有办法。还好，我们都习惯了。"女鲛人漫不经心地说道,"所幸只需要一点点儿就够了,拔掉三五片鳞,也不至于痛死,以后还会长出来。"

据郑阿球看到的,鲛人的鳞片好像都长在尾巴上,也就是在屁股和大腿处。

郑阿球悄悄摸了摸自己的屁股,脊梁骨上立刻升起一股寒意。

"只恨鸟人太过分,太贪得无厌!强迫我们提供大量的鲛绡。我们的织工和匠人必须日日夜夜,忙碌个不停,才能勉强凑够数。他们换到手里又不肯珍惜,胡乱糟蹋,让人没有办法不痛心……"

郑阿球觉得心里有点堵,他想起人间界似乎也有类似现象:不公正、压迫、巧取豪夺。比如资本家压榨工人,比如恶商强买强卖,比如蜂农割蜜蜂的蜜,还有采燕人铲金丝燕的窝……

不过,鸟人要那么多鲛绡做什么用呢?用来做衣服?除非他们穿鲛绡制作的千层袄,不然哪里要得了那么多!

郑阿球一路胡思乱想着,跟女鲛人原路返回。

经过织绡"车间"的时候,郑阿球看到小鲛人清仔,一副鬼鬼祟祟的神情,正在纠缠一个织绡的女孩。

"姐姐,割一点儿给我嘛。"清仔一脸的讨好相。

"走开!你不知道为了织这个鬼东西,大家有多辛苦吗？"女孩骂清仔。

显而易见，清仔纠缠姐姐是为了要鲛绡。他为什么要鲛绡呢？还不是因为郑阿球这位"飞仙"要"看"！

现在，郑阿球一点儿都不想"看"了。

"清仔，我不要了。她们织一点儿绡，太不容易了！"郑阿球游近，严肃地跟清仔说。

"哎呀，清仔你要绡是送给飞仙的吗？我马上割给你！"清仔的姐姐很不好意思，立刻站起来准备割绡。

"我不要！"郑阿球赶紧推辞。

"不必客气！"陪同郑阿球的女鲛人说，"有东西可以送给飞仙，是我们鲛人一族的福分。"

女鲛人另取过一匹刚织好的绡，一定要"飞仙"收下。郑阿球百般推辞不肯接受。清仔打圆场道："你收下嘛。用它把两条腿缠一缠，就跟我们一样了。"

"这样可以吗？"郑阿球的语气不那么坚定了。

"当然可以了！"清仔自作主张，替郑阿球收下了那匹绡。

女鲛人恭送"飞仙"到洞外就回去了，清仔带郑阿球来到一个无人的角落，让他用绡换掉身上的衣服。郑阿球叹了口气，说："既给之则换之吧。"他脱掉外衣外裤，由清仔帮忙，把一匹绡仔仔细细缠到身上。一匹绡缠完，郑阿球就跟所有鲛人男孩没什么两样了。

"怎么样？还习惯吗？"清仔期待地问。

郑阿球试着游了几下，有点不习惯，却感觉很新鲜。

"感觉游不快了。"郑阿球傻笑着说。

"没事，多练练就好了。要是捆住手脚还能游，在鲛人中你也算是勇士了！"

"好吧，权当升级游泳技能了。"

郑阿球让清仔回去后，他抱着衣服游上海面，"哗"的一声冒出来，把正在礁石上沉思的唐古拉吓了一跳。

"你怎么弄成这样子？"唐古拉打量着半身赤裸的郑阿球问。

"我化装成鲛人了，你看像不像呢？"郑阿球甩动"尾巴"给唐古拉看。

"像！好一尾漂亮的美男鱼！"唐古拉用讽刺的口吻说道。

第五章
海市大战

第二天一大早，礁石上就变得热闹起来了。鲛人把一匹匹鲛绡，整整齐齐地摆放在礁石上。

"飞仙"们也把帐篷都收起来了。每个人都暗暗地把武器紧束在身上。

阿曼纠集起鲛人勇士，在礁石周围的海域内巡游。

接近日中时分，在海天相接的地方出现一些黑影。

鸦鸦从高空飞下来，附到主人耳边低语："来了很多大鸟！"

说时迟，那时快，"呼啦啦"，一片羽翼振动之声已经传入耳鼓。"飞仙"们举目望去，只见一队巨大的"飞蝗"迎面扑来，翅底疾风猎猎，所过之处，平静的海水都被扇起了波涛。

第一只鸟人落到礁石上。紧跟着，又是一只，又是一只……

四只小灵兽的眼睛几乎瞪出眼眶，他们目光灼灼地盯着鸟人，上上下下打量个不停。

鸟人有男有女，却无老无少，整支队伍全部由精明强干的青壮年组成。他们的面貌和普通人类没什么两样，只是背部生有两只蓬松的羽翼，翼展足有四五米。不过，当他们的双脚落到礁石上时，羽翼随之折叠起来，负在背上，看起来一点儿都不累赘。

四小灵兽第一眼看到的是鸟人的相貌，第二眼就注意到了他们的穿着。所有人都穿着由鲛绡制成的华美衣服，男鸟人是坎肩配短裤（他们都手持钢叉）；女鸟人的花样就多了，衫、襦、裙、裳，披披挂挂，颜色和式样似乎都经过精心搭配，一眼望之，宛然霓裳羽衣。

登上礁石后，女鸟人的目光贪婪地投向货物，男鸟人立刻注意到现场有三张新鲜面孔：三个叉开双脚站立、装束奇特的小孩。

很快，女鸟人也发现三个小孩了。她们停下采购的脚步，目光灼灼地将三名生客盯了一阵子，然后交头接耳，窃窃私语起来。

"今天怎么会多出这几个人？"

"他们的样子好奇怪啊！"

"弄不懂，怎么有人打扮成这样子！"

"不知道他们从哪里来，我反正没见过有哪个族类长成这样……"

三个小"飞仙"心里很不自在——鸟人数量太多了！像这样把他们团团围在中间，又是盯视，又是议论的，每个人都生出了猴子在动物园里被围观的感觉。

不过，这样下去怎么行呢？无论如何不能输了气势，他们可是"天外飞仙"，肩负着调停两个族群矛盾的重任，必须得挺起胸膛来！

这么想着，三个小灵兽把低垂的眉眼又抬起来，一副大义凛然之态。

这时候鸟人也都围观够了，他们四散开来，用目光搜寻着货物，或者人。

一个男鸟人来到阿曼身边，问他："喂，这几个家伙是哪儿来的？"

"他们是天外飞仙。"阿曼淡淡地说。

"天外飞仙？"男鸟人显然被这个陌生的词震住了，他的脸上露出疑惑的表情。

男鸟人思忖了半晌，还想再问点什么，一回头，已不见阿曼的踪影。

这位出头的鸟人先生，只好遗憾地回到礁石上，跟族人汇报他打听到的消息。

对着鲛绡横挑鼻子竖挑眼的鸟人都顿住了。他们互相交换着疑惑的眼神，轻声议论：

"是天外飞仙？"

"什么是天外飞仙？你知道吗？反正我是头一回听说。"

"我也是头一回听说。不过，我觉得不管怎么看，他们也不像仙啊。"

"嘘！人不可貌相，海水不可斗量，你没听说过吗？"

所有鸟人都没听说过天外飞仙，他们也从未见过有人作如此怪异的装束：胸前印满字母的T恤衫（唐古拉的），连帽卫衣（贺子春的），蓝印花布衣裤（苏小蛮的），而且，他们都穿着鞋子！所有鸟人自出娘胎都没见过鞋子，他们在心里嘀咕着：那个把脚包起来的玩意儿，到底是什么东西呢？如果说穿着奇装异服的就是飞仙的话，那也太……

不过，为了安全起见，鸟人经过短暂的商议，达成一个共识：仙不犯我，我不犯仙，咱们是来买鲛绡的，犯不着跟陌生人伤了和气，谁知道他们矮小的身体里藏着什么奇怪的本事？看他们腰里都揣着家伙，肯定不是吃素的。

"好啦好啦，时间不早，赶紧买了东西回去是正事。耽搁晚了，孩子该把家里弄得一团糟了！"一个女鸟人率先打破了沉寂。

"嗯，买买买！"女鸟人们涌向堆叠着鲛绡的摊档，男鸟人们也散开，各自跟定自家的"内掌柜"，准备做挑货的苦力。

海市很快变得热闹起来。各占一席平地摆摊的女鲛人，徜徉在货堆之间挑挑拣拣的女鸟人，绵延的礁石上，仿佛人间界的"三八"节，到处都是扫货女人的吱吱喳喳。

"这匹我要了。一个铜环！"

"这两匹都归我，给你一个瓷碗！"

"你的绡颜色看起来不大对，打开让我瞧瞧，里头是不是有瑕疵！"

女鸟人似乎个个都是杀价高手，一点点儿破铜烂铁就想换一堆上好的鲛绡。鲛绡换到手里又不满意，一个个挑肥拣瘦，吹毛求疵。"飞仙"们旁观了一会儿，都不由得气愤起来：这明明就是欺行霸市嘛，不行，他们必须得管！

不过具体怎么管呢？他们一时还有点茫然。鸟人数量多，体形大，会飞会跑，更兼手握锋利钢叉，单凭他们四个人的力量，争斗起来只怕难有胜算。

唐古拉、苏小蛮、贺子春交换了一番眼色，都皱起了眉头。

郑阿球还在扮演着鲛人的角色,坐在一堆女鲛人和鲛人男孩中间,东张西望,大看西洋景。他长长的裙尾披在礁石上,吸引了一个女鸟人的注意。

"像这样的货色,还有没有?"女鸟人揉搓着郑阿球的裙尾,问旁边的女鲛人。

"没有了。"女鲛人恭敬又不安地说。

这下子,女鸟人不高兴了。她板起面孔,咕咕哝哝地抱怨起来:"把最上等的绡留给你自己的孩子,次一等的货才拿出来糊弄我们苗民,对不对?我就知道,你们这些鲛人都是些狡猾的家伙!"

"不是这样的……"女鲛人分辩道。

"事情摆在这里,你还犟嘴!"女鸟人忽然抬起手来,给了女鲛人一个耳刮子。

郑阿球看不下去了,霍然站了起来。

"我跟你说三点!第一,我不是她的孩子;第二,这绡是他们送给我的礼物;第三,你们做着这样不公平的买卖还打人,太过分!"郑阿球义愤填膺道。

郑阿球裹身的鲛绡滑落到地上,露出两条穿着短裤的光腿。女鸟人定定地看着郑阿球的腿,愣住了。

看到这边厢发生了争吵,许多鸟人涌了过来,男鸟人的钢叉个个竖起，一片刀兵林立。

在附近海面游弋的男鲛人也围拢过来，从他们愤怒的表情来看，已经做好了恶战一场的准备。

"飞仙"们的手也探向各自腰间的武器。

看到"飞仙"们的动作，鲛人再也按捺不住，开始动手了——他们受鸟人欺负太久，不趁"飞仙"坐镇之际奋起反抗，更待何时？男鲛人将用珊瑚树、砗磲壳做成的武器径直往男鸟人身上招呼。女鲛人则抱起成捆的鲛绡，去击打女鸟人，"砰砰"声中夹杂着许多尖叫，也不知是女鲛人发出的，还是女鸟人发出的。

这是一场空海两军之间的恶战。待"飞仙"们再抽出兵器，陆海空三军就齐了。"飞仙"们的兵器占优势，唐古拉的两把吴钩瞬间挡飞许多条钢叉，贺子春的软鞭飞舞起来，发出"咻咻"的尖啸，空中的鸟人听声闪避不迭。不过，他们能避开贺子春的软鞭，却避不开郑阿球的弹弓。鸟人目标大，郑阿球把珊瑚珠搭在弹兜中射出去，几乎弹无虚发。一时间，空中发出许多声惊叫，运气好一点儿的鸟人受点轻伤，振翅逃走，有那运气不好的，一时稳不住身形，"扑通"掉进海里。于是空中的鸟人又急着去救同胞，一时阵脚大乱。

鲛人们正要乘胜追击，去痛捉落水穷寇，只听到一缕优美的笛声忽然响起。

原来是苏小蛮在吹紫铜长笛,她根本没有拿出她的刀来。只见她立在礁石之上,神情自若,十指翻飞地吹着她的笛子。她的气势和着优美的笛音,立刻吸引了所有人的注意力。钢叉停在半空,砗磲刀浸在海里,她的小伙伴,三个"飞仙",自然也都停下了手里的兵器。

待到众人的眼光都转过来,战争暂停,苏小蛮忽而又放下长笛,大声说:"大家要不要听我讲一个故事?"

一个身材纤细的女孩,身着蓝印花布衣裤,手持长笛,腰挂长刀,以淡定的姿态立在最高的礁石上,还要给大家讲故事,此情此景,无论对鲛人还是鸟人来说,都是头一回见。

迟疑了一阵子,阿曼说:"听听吧。"

"那就听听。"鸟人说。

"嗯,那我讲了。"苏小蛮清了清嗓子,简短地讲了一个故事:

天外之天,有一个神仙的世界,在那里,生活着许许多多的神仙。神仙都是有等级的,也有各自的地盘。他们在各自的地盘上,过着平静悠闲的生活。

有一天,一群等级很高的神仙,因为闲得无聊,忽然想要欺负次一等级的神仙。

次一等级的神仙被欺负想反抗却敌不过，只好舍弃自己的地盘，搬走了。他们搬去的地方，也生活着一些神仙，这些神仙的等级和他们完全一样。但是，后搬来的神仙总觉得自己比原住神仙高一等，所以，他们拿出高等神仙欺负他们的姿态，欺负这些原住神仙。

原住神仙被欺负想反抗却敌不过，只好想办法。他们有两种办法可以选择，第一种办法是奋起抵抗，跟入侵的神仙拼个鱼死网破；第二个办法是搬走，去更次一等神仙的地盘，欺负他们……

"大家说说看，哪一个办法更好呢？"苏小蛮以征询意见的口气问大家。

鲛人尚未表态，一些女鸟人按捺不住了。她们神情都有点惊恐，纷纷说："这不就是我们的故事吗？"

苏小蛮淡淡地说："要是你们愿意的话，不妨说说看，是不是也曾受过别人的欺侮，要不然，谁愿意舍弃家园，搬到这么荒凉的海上来呢？"

"哎哟，太不愿意了！"几个女鸟人再也管不住自己的嘴巴，一边大倒苦水，一边向苏小蛮围拢过来。

就像苏小蛮说的，如果不是受到欺侮，怎么会搬到这么荒凉的海上？

从鸟人们打开的话匣子，"飞仙"和鲛人知道了真相：

原来，他们也是受了异族的欺侮，尝尽无数痛楚和苦难，才迁来无波之海的。

最早，鸟人，哦不，苗民，居住在西南方的大海之滨，世世代代以捕鱼为生。

平日里，男苗民出海捕鱼，女苗民留在家里照看孩子，大家的日子，过得平淡而又宁静。

一天，忽然有一只巨龟乘浪而来，到了苗民居住的近海，不走了。

巨龟似乎爱上了这方海域，整日在水上沉沉浮浮。无聊了，就把脖子一伸，"咔嚓"一口，把飞过的苗民咬成两半，吞进肚子里。

苗民都不敢出海捕鱼了。海面虽然看起来平静，但是谁都不知道巨龟潜藏在哪个地方，它的脖子那么长，一伸，无论苗民飞得多高，都能被它咬下来。

这还不是最可怕的，最可怕的是巨龟有时爬上岸，用山岩一般坚硬的肚皮碾压苗民的村庄，苗民用树枝和海藻辛辛苦苦搭建的房屋瞬时被夷为平地。很多老人和婴儿来不及逃出，就这么被巨龟生生碾死了。

苗民们也曾经试图赶走巨龟，奈何巨龟皮糙肉厚，甲壳坚如钢铁，他们的钢叉根本不能伤其分毫。

实在没有办法了，在损失了半数村民之后，苗民只好弃家逃走。

莽莽大荒，想找到一处平安的落脚之地，太难太难了！后来，苗民来到无波之海，在一片清浅的水域中间，用树枝和海藻搭建起浮屋，重新开始生活……

"那只龟，究竟有多大？"不知何时，郑阿球已挤到苗民中间。

"有一座山那么大！"一个苗民比了个硕大无朋的手势。

"看来跟鲛人的仇家海蛇是一个重量级的了。"郑阿球自行下了判断。

"完全对！"苗民纷纷点头。

苏小蛮微微一笑，说："你们看，大家的日子都不容易，对不对？苗民有巨龟戕害，鲛人有海蛇戕害，大家可以互相换下位置想一想，被人欺侮的日子是不是很好过。鲛人逃出海蛇的残害并没几年，苗民朋友，你们就让他们过几天清静日子好不好？在这蛮荒之世，大家活得都不容易，设身处地替对方想想，应该知道我说得不错。"

苗民们愣了一阵子，有些人的神色变得羞惭起来。唐古拉趁机说道："多一个仇敌不如多一个盟友，鲛人称霸水下，苗民统领天空，大家和平共处，有患难，同进退，不是很好吗？"

"也是被巨龟害得太惨了,逃到这里,缓过劲来后,就想找个弱族欺负一下,找补找补……"一个男苗民红着脸说。

"我们那里有句老话,己所不欲,勿施于人,你们既然饱尝过被欺负被残害的苦楚,就不该再把苦楚强加到不相干的人身上。鲛人是一个性情平和的种族,你们要是愿意,可以跟他们结为盟友,他们在海里来去自如,这正是你们所不能的。"唐古拉跟身边的苗民说。

"嗯,是这样,我们的翅膀很怕被水沾湿,湿了就飞不起来了。"这位苗民说道。

"如果和鲛人化敌为友,互结盟约,万一落到海里,自然有人相救。"唐古拉微微一笑说。

苗民们互相看着,大多嗫嗫嚅嚅,神情羞惭。

"你们愿意和苗民结盟吗?"唐古拉问阿曼。

"我们鲛人,是永世不愿见刀兵的,只要苗民愿意化敌为友,互结盟约,我们鲛人一族全无异议。"阿曼郑重地答道。

第六章

书仙显灵

这边厢的男人正商量着结盟大计，那边厢，一个女苗民悄悄地拉住苏小蛮的衣角："你的衣服很好看呢。哪儿才能买到这么好看的布料呢？"女苗民的神情很羞怯。

这位女苗民的举动打破了全体女性苗民的沉默——她们盯着苏小蛮的衣服好久了，都是一副垂涎三尺的神情。

"啊！我早想问了，不知什么样的巧手才能织出这样美丽的花纹！要是能买来一匹做裙子就好了……"

"做帷幔也好看！"

"这种带花的布做什么都好看，要是我能拥有一尺，该多好啊！"

女苗民都凑过来，将苏小蛮团团围定在中间，一个个伸手拈指，抚摸她的衣角，欣赏布料上的花纹。

苏小蛮红了脸。在人间界，这不过就是普通的印花土布，有钱人家的孩子都不穿的。看来大荒界居民只掌握了织造技术，还没发展印染技术，这也难怪……

"可惜，我只有这身花布衣服，要不然一人送你们一点儿。"苏小蛮不好意思地说。

"那你是从哪买的？我们也去买！"

"那是天外之天，你们到不了的。"苏小蛮没有办法实话实说，只好撒谎。

"哦，那太可惜了！"所有女性苗民的神情，都变得很失望。

苏小蛮"独一无二""举世无双""巧夺天工""精美绝伦"（以下省略三百字）的花布衣服，把所有女性苗民都迷得五迷三道的。她们痴痴缠缠，一直围聚在苏小蛮身边，欣赏她衣服上的花纹，同时向她打听天外之天的服装流行趋势。

"小飞仙，我想请你到我们的浮屋做客，你看可以吗？"谈到最热闹处，一个年轻的女性苗民忽然开口相邀。

说实话，苏小蛮对苗民的浮屋很感兴趣，她很想过去看看，可是，怎么过去呢？她又不会飞。名为"天外飞仙"却不会飞，不知那些鲛人和苗民会怎么想这一点。

"我倒是想去来着,可是现在,还不能飞……"苏小蛮吞吞吐吐地说。

"没事!我们可以把你背过去。"那位年轻的女性苗民爽快地说道。

苏小蛮凑到伙伴们面前,笑靥如花地请示:"我想跟她们去浮屋看看,应该用不了多少时间。你们觉得怎样?"

"可以,注意安全就好。"唐古拉说。

那名女性苗民伸展开两只翅膀,翅膀展开之后,真是惊人!只见锦羽披离,文采美丽,而且双翅非常宽大,不知比人间界的时装秀上展示的假翅膀高级多少。

女性苗民腰间束有长长的绡带,稍微一缠,就把苏小蛮打包好了,苏小蛮小心地伏在这位女性苗民的背上。

"呼!呼!"年轻的女苗民扇动双翅,很快飞了起来——先是贴着海面,然后越飞越高。

不知是因为羞惭,还是对比了苏小蛮的印花布后,素色的鲛绡再也瞧不上眼,所有女性苗民都放弃了采购计划,跟着起飞。她们组成一支松散的队伍,羽翅翩飞,衣带飘拂,浩浩荡荡地向蓝莹莹的天宇飞去。

她们才是天外飞仙!

现在,礁石上只剩下男性苗民了。"飞仙"也只剩下男性。女鲛人看见海市寥落,也都收拾起货物,潜回海下。

阿曼、酋长，大部分男性鲛人，"飞仙"，所有留下来的男性苗民，大家在礁石上团团围坐，共商永世修好之协定。

年老的酋长懒得动脑筋，更不愿意浪费自己的口舌，他让阿曼上前，在"飞仙"的见证下与苗民谈判。

"我们鲛人一族，向来与世无争，每日里以海菜果腹之后，不过是大家聚坐一处，弹琴歌咏，聊遣长生。苗民朋友如果愿意跟我族和平相处，那是再好不过，我相信，对于饱受苦楚的我们族人来说，少一个敌人，多一个朋友，是求之不得的大好事。不知对面的苗民朋友如何以为呢？"阿曼注视着对面的苗民，带着一如既往的严肃神情。

"我们没什么可说的。"一个被推举出来的苗民咕哝着说，"我们这些男子汉，反正到哪儿都是叉鱼，捕鱼，用一双手养活老婆孩子。爱惹事端的是那些女人，她们发疯似的喜欢鲛绡做成的衣服，要多少件都没个够！不仅是衣服，还喜欢把鲛绡挂在家里，弄得家里哪儿都是，碍手碍脚……"

其他苗民也纷纷点头，看来他们也是深受其苦。

"看过了苏小蛮的花衣服，我相信，她们不会再像从前那样没眼光了。"郑阿球冷笑着说。

"那你们愿意尽弃前嫌，跟鲛人一族结为盟友喽？"唐古拉问。

"有什么不愿意的？"苗民们淡然地说。

"好，今天就由我们做见证人，鲛人和苗民结为盟友，永世不得反目！"

"我们没意见。"阿曼说。

"我们也没意见。"众苗民说。

"话落如棋，不得反悔！从今天起，鲛人和苗民结为盟友，以后遇上急难，两族将并同作战，共御外侮！"唐古拉把阿曼的手和苗民的手牵到一起。

事情解决之后，严肃的气氛顿时变轻松了。三名小"飞仙"在人丛中穿梭着，谈笑着，努力活跃气氛。

"今天这事值得庆祝，就让我给大家弹奏一曲，权当贺喜如何？"贺子春说。

"再好不过了！"鲛人和苗民一致说道。

贺子春打开琴匣，取出他的古琴。这张琴，是他三岁的时候父亲特意为他做的，因此是很小的一张琴。不过，音色却很好，并不比那些古代名琴差。

贺子春把小巧玲珑的古琴横在膝头，弹了一曲《渔舟唱晚》——这曲目衬着近晚的天色，初起的云霞，倒是十分应景。

贺子春的琴艺好得令人没话说。一曲听完，无论鲛人还是苗民，都是如醉如痴，从前的龃龉在不知不觉间，全被浪打风吹去。

"我给大家表演一个飞凤舞,请勿见笑。"一名苗民说。

"那我叫些孩子来给大家表演一个鼓浪舞吧。"阿曼说。

于是,鲛人和苗民轮番上阵,歌舞欢庆,其气氛之和谐,让三个小"飞仙"看得心花怒放:没想到,这么一个棘手的问题,居然被轻松地解决了!

歌舞晚会进行得如火如荼的时候,唐古拉给金晋写了一封信。他向金晋陈述在大荒界的所见所闻,说了帮助处理鲛人和苗民之间矛盾的事情,并问金晋,插手异域异族的事务是否合适。

唐古拉写信的时候,没有什么人注意到他,除了"飞仙",所有人都在载歌载舞。

信送出去没多久,金晋的回信来了。金晋回信的方式吓了唐古拉一跳:一幅巨大的《神异经》帛书瞬间出现在天空中,仿佛一片奇异的晚霞,随着缥缈的气流拂动,上面的每一个字都有一团云朵那么大。

信的内容是:

"我知道了。合不合适你们自己拿主意,我相信你们能够做出正确的决定。"

信的内容极短，跟铺满天空的豪华"信纸"很不相称。唐古拉根本不明白是怎么回事，他揉了一下眼睛，又揉一下，想弄清楚是不是自己眼花。

不是他眼花，转瞬之间，《神异经》帛书又缩小了，化为一道金光敛入唐古拉掌中。

异象吓到了郑阿球和贺子春，他们以为唐古拉的麒麟忽然不召而出了。

"怎么回事？"两个人扒着唐古拉的肩头问。

"我也不知道，金晋为什么要这样……"唐古拉的脸色也变了。

所有的苗民和鲛人都吓得匍匐在地，动也不敢动一下。自出娘胎，他们从来没见过这种景象，只当是天神要降祸下来。

后来，还是一个不知天高地厚的小鲛人打破寂静："好啦，那个东西被飞仙收回去了！"

苗民和鲛人抬起头，只见天空湛蓝如洗，诡异的《神异经》帛书，已经不见了。

看来飞仙就是飞仙，有仙力而不轻易在人前显示，这才是上等仙人的境界啊。哪像他们中间那些没脑子的笨货，有几分力气就想横行霸道。这么一想，所有的苗民和鲛人都再一次佩服得五体投地。

"飞仙！请告诉上神，苗民保证永世和鲛人做朋友，再也不做伤天害理之事！"苗民们急忙向唐古拉保证。

"我们鲛人也一样。"阿曼说。

"知道了。"唐古拉极力保持镇静，因为他的心里，也是纳闷到了极点……

经此一吓，歌舞晚会草草收场——其实不算草草收场，大家也玩得差不多了。苗民们和鲛人、"飞仙"挥手作别，结队飞了回去。

阿曼向"飞仙"表达了感激之后，也带领着族人下海去了。

现在礁石上只剩下三名"飞仙"了。郑阿球急忙问唐古拉："你是不是召唤出麒麟啦？"

"好像不是，我只是给金晋写了一封信。"

"如果不是麒麟的力量，那一定是金晋使用了什么力量。你再写信去问问他。"贺子春说。

"好，我现在就写。"

唐古拉刚动念写信，《神异经》帛书便又现身了，还是中规中矩的一份帛书模样。

唐古拉在帛书上奋指疾书："金主任，你刚才的回信太大了，铺满了一方天空，把苗民和鲛人都吓坏了。请问你是怎么做到的？我们也想学习。"

信写完，《神异经》帛书消失了。大约过了两分钟，《神异经》帛书再次出现，依旧是正常大小，但上面已是新的内容。

"我什么都没做，是《神异经》书仙自己的意志。她比我们所有人加起来都还要老很多，至于为什么要这么做，我也无从知晓。"

等他们都看完了内容，《神异经》帛书又化为一道金光，敛入唐古拉掌中。

郑阿球和贺子春不约而同地看了看自己的手。《神异经》书仙有自己的意志，这一点他们从来没有想到过。不过仔细一想，也是情理之中的事，世间万物皆有灵，《神异经》书仙既然名为书仙，她的灵自然非比寻常。她完全可以拥有自己完整的灵魂和意志，但是，她的能力如此强大，为什么还要拘泥在自己的本体里，兢兢业业地为他人服役，甘愿做个超级邮差供人驱使，而不是悠然化外，自为王主呢？

难道她和盘古之间有过某种特殊的约定？

应该是的。

至于是怎样的约定，既然连金晋都不知道，他们就更没机会知道了。

话分两头，苏小蛮是第一次御风飞行。鸦鸦陪侍在主人旁边，一路鼓翼欢歌："呱！呱呱！"

苏小蛮紧紧地伏在这名年轻女苗民的背上，目光投向前前后后。

视野里，到处都是振翅疾飞的女性苗民。她们翩翩飞行的姿态，让苏小蛮想起了电影里的仙女。

"喂，你叫什么名字？"年轻女苗民问背上的苏小蛮。

"我叫苏小蛮。"

"我叫小翠。"

"小翠？很好听，我喜欢这个名字。"

"我也是。"小翠语带得意地说。

夕阳西下时，前方的大海上，出现一排浮屋。

浮屋修筑在一片暗沙之上，海水呈现出迷人的金绿色，波浪细细地摇动着，衬托着浮屋的倒影，情景如梦如幻。

浮屋之间是互相串联的，中间有海草编织的游廊相通。一些苗民小孩在老人的看护下，正在游廊上学习飞翔。

"妈妈回来了！妈妈回来了！"看到众苗民归来，孩子们高兴地迎过来大喊。

小翠翩然降落在一幢浮屋的平台上。她解下腰间缠着的鲛绡，将苏小蛮放下来。

这幢浮屋非常安静，没有老人，也没有大呼小叫的孩子，只有低垂的鲛绡帘幕，不时随着海风翻出窗外。

"飞仙今天留在我家里吧。"小翠大声跟邻居们发布她的决定。

"好！反正你家清静，我们家孩子太多了，飞仙过来，只怕会被吵到！"邻居们愉快地拥护了小翠的决定。

苏小蛮站在平台上，仔细观察小翠家浮屋的构造。只见屋基由枯树枝、海草、翎毛构筑而成，组成墙壁的材料也是如此，阳光和海风随时都可以钻进来。

但是，简陋的屋子装饰得却很别致。透亮的鲛绡糊满四壁，窗口和门口也挂着由重重鲛绡做成的帘幕。看了这些，苏小蛮终于明白了鲛人日织夜织的原因：都是由于苗民无度的需索，鲛人才那么辛苦的。

"我家的屋子还好看吗？"小翠问苏小蛮。

"好看。"苏小蛮如实回答道。

"嗯，在我们苗民中间，就数我家的屋子收拾得好。因为我还没有结婚，也就没有孩子多手多脚。"小翠招呼苏小蛮在一个鲛绡封皮内充填海绵的坐垫上坐下，又说，"自从妈妈被巨龟杀死之后，就剩我和爸爸相依为命了。爸爸每天出去捕鱼，我就在家收拾屋子，因为妈妈在世的时候喜欢这样，她总是把家里弄得舒舒服服的。"

"难怪，不过在我们那里，一场台风就能把所有的屋子都毁了。"苏小蛮说。她看出来了，浮屋仅凭一些绳索固定在暗沙上，但凡有一点儿风浪，就会随波流去，或者顺风飘飞。

"台风？台风是什么？"

"就是很大很大的风，嗯，可以把房子吹走的风……"

"哦，我们这里不会有那么大的风，因为这里是无波之海。小时候我常听奶奶说，天外之天很好，不过，如果经常刮起能把房子吹走的风，我倒不觉得它有什么好……对了，奶奶说一共有七十二重天，每一重天都生活着不同的神仙。你们是哪一重的神仙？"

"我们的那个地方，叫人间界。"苏小蛮斟酌着说。

"人间界？听起来有点耳熟，我不记得奶奶有没有告诉过我。那你们的人间界也有海吗？有没有苗民？"

"没有苗民，也没有鲛人。"苏小蛮如实答道。

"你跟我好好说说人间界的事情吧，"小翠坐到苏小蛮面前，特别诚恳地请求她，"我太想知道那些奇怪的地方，都有哪些奇怪的东西。"

"好吧。"苏小蛮一面思索着，一面谨慎地讲起人间界的种种：山川河流，工厂城镇，汽车楼房，电脑电视……

小翠听得入了神，她叹息着说："你说的东西，很多我们这里都没有。好想亲眼去看一看啊。"

苏小蛮紧紧地闭着嘴唇，她忽然意识到自己或许不该说那么多。

"苏小蛮，"小翠直呼"飞仙"的名字，一双明亮的大眼殷切地盯着她，"怎样才能到人间界去呢？我想去你居住的地方看一看。"

苏小蛮有点窘，她想了想，说："我不知道你们怎样才能过去，我甚至不知道自己怎样回去。也许，那是一个有去无回的地方。"

苏小蛮的话让小翠感到失望，也让她更加神往——想想看吧，一个跟现世完全不同的世界，那里满是稀奇古怪的东西，而最与众不同的是，它可能有去无回，这听起来很危险，然而越危险的地方便越有吸引力，小翠就是这样的姑娘，她不怕危险，只怕平淡。

夜间，苏小蛮就留宿在小翠的屋子里，鸦鸦躲在她的怀中。浮屋随着海水轻轻地摇动，就像摇篮一样，摇啊摇，摇啊摇，不知不觉，苏小蛮和鸦鸦都睡着了。

第二天早晨，苏小蛮在金色的朝阳中醒来，看到小翠的父亲已经回来了。

"苗民和鲛人结成了盟友，大家都在飞仙面前发过誓，以后不会再有矛盾了。"小翠的父亲是一个满脸沧桑的中年人，筋骨强壮，有一对不同寻常的巨大的翅膀。

"太好了！"苏小蛮的嘴角露出笑意。

这消息在小翠那里没有得到任何回应，她看起来好像不大高兴，她神色淡淡地给爸爸张罗早餐，神色淡淡地招待着"天外飞仙"。

吃了小翠准备的早饭后（都是鱼虾），苏小蛮跟着东道主，顺着海草游廊，去观赏其他的浮屋。

所有的浮屋都大同小异——大同就是都装点着大量的鲛绡，小异是有些人家孩子多，屋子就显得乱一些，挤一些。

"飞仙"观赏的时候，许多小苗民亦步亦趋地跟着。当然，周围不乏他们的妈妈，或者奶奶。他们围观"飞仙"苏小蛮，研究她的衣服、头发、鞋子，一切的一切。

第七章
百宝袋

观赏了一阵子，苏小蛮跟小翠说："我该回去了。"

"回到鲛人那里吗？"小翠问。

"是的。"

"你们是不是要一直待在那儿？听我说！与其在礁石上风吹日晒，不如到我们这里来，我们有屋子，你的同伴都会有地方住。"

"不，我们要去陆地。要是你知道怎样去陆地，可以告诉我。"

"我知道陆地，但是那里离这儿太远，就算是最强壮的苗民，一天一夜也飞不过去。上次我们迁过来的时候，是在一个岛上歇了一夜，才有力气飞到这里。"

"那个岛在哪儿？"苏小蛮直视着小翠的眼睛。

"你要是想去，我可以背你过去。包括你的同伴，我都可以找人把他们背过去。"小翠说。

"太谢谢你了，小翠！"苏小蛮心里非常感激，这位年轻的异族姑娘，跟他们不过是萍水相逢，就愿意这样鼎力地帮忙。他们真是幸运啊。

小翠替苏小蛮设想的步骤是：先把他们背到岛上，休息一夜，再带他们前去陆地。

"不知道该怎么感谢你，长途漫漫，那么累！"苏小蛮由衷地说道。

"我不怕累，只要你肯在方便的时候，带我去人间界游逛一圈，我就知足啦！"

苏小蛮皱起了眉毛——小翠的这个要求，太难了。她恐怕最终都不能回报她呢。

"别为难，我现在还不想过去，因为我心里还没准备好。"小翠说。

"我能力浅薄，很可能做不到。要是我能做到的话，一定想办法帮你实现愿望。"苏小蛮说。

"没关系，我可以等，等到你有能力的那一天。"

就这样，苏小蛮和苗民小翠，订下了一个口头约定。

小翠把苏小蛮送回鲛人的礁滩。

她们抵达的时候，鲛人都还在海下休息——夜里的庆祝活动好像把他们累着了。

只有三个小"飞仙"静静地坐在礁石上，沐浴着阳光和海风，似乎在想心事。

苏小蛮从小翠背上滑下来，向伙伴们告知将会有苗民送他们去陆地。

"你们什么时候走？到时候我好早点带人过来。"小翠问唐古拉。她看出唐古拉是这一帮小"飞仙"的首领。

"我们没什么需要耽搁的，自然是越快越好。只要你们方便的话……"唐古拉说。

"那明天行吗？"小翠问。

唐古拉看了看小伙伴们，从他们的表情可以看出：这趟"礁石夏令营"可以到此为止了，大家不愿意继续在这里待下去。大荒界不应该只有无波之海，他们此行的任务也不是调停两个部族的矛盾，在那未知的蛮荒之野的深处，还有更重要的事情等着他们去做，去经历。

"嗯，明天，麻烦你们送我们去陆地。"唐古拉回过头跟小翠说。

"那好，咱们明天见。小蛮，我先走啦！"小翠洒脱地拍了拍翅膀，飞走了。

小翠走后，苏小蛮跟小伙伴们描述了在苗民浮屋的所见所闻，三个男孩也告诉了她《神异经》书仙忽然以异相显形的事。

"也许她还有更惊人的异相，以后，我们会看到的。"苏小蛮说。她似乎并不感到惊异。

听说"飞仙"们要走，整个鲛人部落立刻忙活起来：摘海菜，熬琼脂，晒海藻……替"飞仙"们准备饯别的筵席和旅途中的干粮。第二天，不到日中时分，一桌盛筵整整齐齐地摆在礁石上。

筵席上的食物非常精美，颜色红绿紫白都有，并且都拼摆成别致的图案。

不用仔细看，"飞仙"们也知道那是什么：红色的是红藻，绿色的是绿藻，紫色的是紫菜，白色的是鹿角菜……

对着这样一桌子大餐，说实话，"飞仙"们半点胃口都没有。已经接连生吃几天海菜了，每个人都得了"海菜恐惧症"。

郑阿球端着一盘海带芽，努力闭目，把它们想象成一只只炸鸡腿，用手指头捏着，艰难地往嘴里送……

"哇！"刚入口的海带芽便被他原封不动地吐了出来。

"晒干了会比较好吃点。"看到郑阿球实在无法下咽，在一旁殷勤侍奉的清仔急忙献上自己的珍藏——一片晒干的海带。

"噢！"郑阿球发出一声惨叫。他想说，你当我没见过吗？这玩意儿在福利院的厨房要多少有多少，从前，就算大家馋极了偷粉条烤着吃，也没有人打过它的主意。在孤儿们眼里，这结满白霜、又腥又咸的干海带，还不如臭鞋垫。

"我还想让你带着路上当干粮的。"看到郑阿球痛苦的表情，清仔非常失望。

"谢了！你的好意我心领就够了……"郑阿球的表情看起来好像在求饶。

"我们这儿就没有你喜欢的东西吗？"伤心又不死心的清仔问。

"喜欢的东西？怎么没有，就是那些闪闪发光的小玩意儿……"

"为什么不早说呢？那些东西虽然不能吃，只要你喜欢，也能留着看，看着看着，说不定就把肚子饿忘记了。你等着啊，我这就去给你找！"清仔高兴极了，一头扎进海里。

清仔发动无所事事的小伙伴，很快在海底的角角落落，给郑阿球搜罗来一堆闪闪发光的玩意儿：玉石、珊瑚、砗磲壳、玳瑁、鸽子蛋那么大的海螺珠……

献宝的小鲛人来往穿梭个不停，郑阿球面前的礁石上，"哗啦！""哗啦！"闪闪发光的玩意儿越堆越高，很快便堆成一座小型的珠宝山。

郑阿球的脸色迅速由阴转晴了。

"不错！我最喜欢这些东西！清仔，你明白吗？食物不是最重要的，纪念最重要！很久很久以后，只要看到这些纪念品，我就能够想起你们，我可爱的鲛人朋友来，尤其是你，我的小清仔！"郑阿球假惺惺地跟清仔说，但是他的目光，一秒也没有离开过他的珠宝山。

清仔的小脸笑成了一朵花——这个鲛人小男孩，还是太单纯！

心花怒放的郑阿球想找麻袋把珠宝装起来，但是鲛人没有麻袋。清仔又自告奋勇道："我让姐姐帮你缝一个大口袋，把这些都装起来！"

郑阿球看了看清仔身上透明的鲛绡，认为它不够结实。后来他灵机一动，睡袋在背包里很占地方，把它拿来装珠宝，既结实，又替背包节省了空间，两全其美。

郑阿球打开背包，取出睡袋，把一堆珠宝全装了进去。装得满满的，蹾得实实的，立起来比他自己还要高。

"你要当珠宝贩子吗？"苏小蛮用白眼珠看向郑阿球。

"你们女孩不就是喜欢这些吗？我是要带给小露姐姐的，不然我一个男子汉，要这些东西有什么用处？"郑阿球笑嘻嘻的，把自己"洗"得很白：他不是自私自利的贪财鬼，贩运私货完全是因为友谊至上，但是在他心里，他可知道怎么回事！他一个无依无靠的孤儿，不未雨绸缪给自己攒点私房钱，怎么在人世活下去？天天开门七件事，柴米油盐酱醋茶，哪样不要花钱？更不必说以后还要结婚、生孩子、养老……不单单是小露姐姐，郑阿球在这一刻忽然找到了自己的理想：腰缠亿贯，当一个巨有钱巨有钱的人，然后再仗义疏财，在维持奢侈生活的前提下，帮助穷人，把天下所有孤儿都领养光！

"可是，你第一站就收集那么多，以后是不是要雇一艘船，专门替你拉行李？"唐古拉审视着郑阿球的百宝袋说。

"苗民肯替你背那么重的行李吗？"贺子春也表示怀疑。

"我有把握说服他们。再说也并不重，顶多是我两个人的体重……"

"两个人的体重还说不重！"唐古拉大吼。

"吼什么呀！鸟人，哦不，苗民都来了，看把他们吓的！"郑阿球丢给唐古拉一个白眼。

小伙伴们回过头，看到苗民果然来了，四名年轻力壮的勇士，最后跟着压阵的小翠姑娘。

所有鲛人都浮上海面，来给"飞仙"送行。他们都挺恋恋不舍的，敌人变朋友，部族的危难似浪花一般消解于无形,这些,都多亏了小"飞仙"啊。

小伙伴们和酋长、阿曼打招呼,又跟其他鲛人挥手,感谢他们的热情款待。

"应该是我们感谢飞仙才是!"鲛人们纷纷说,酋长大人也附和着。

"真遗憾,我没有翅膀,不能够送你们。"阿曼跟唐古拉说,神情怅然。

"我也很遗憾。"唐古拉心里也不舍。不知道为什么,总是一副忧国忧民表情的阿曼,在唐古拉心里占有一个古怪的位置。唐古拉说不清楚这是为什么,他也来不及去想这件事,只是觉得惋惜:以后,可能再也没有机会看见阿曼,并跟他交谈了。

唐古拉三人各自背好了背包,郑阿球也赶紧背上自己的背包,转身悄悄地跟清仔说:"以后有好玩意儿替我留着,我还会来看你的,到时候顺便取走。"

"嗯,我会替你搜集的!"清仔高高兴兴地说。

郑阿球放心了,他把谄媚的目光投向小翠,并拍了拍百宝袋。

"小翠姐姐,你帮我背这个袋子好不好?"郑阿球的声音仿佛能挤出蜜糖。

"那是什么?"小翠注视着百宝袋的眼睛忽然变成了斗

鸡眼。

"一些纪念品啦，我的鲛人朋友送我的。"郑阿球把束口的绳子解开，让小翠看到袋内的珠光。

"都是些没用的东西嘛，还死沉死沉的！你为什么非要带上这个？你不知道路途有多远，只是一个人飞也会很累。我要是背着这个大口袋，肯定会累死在半道上的！"小翠着实被百宝袋里的东西吓到了。

"就这么一袋，帮帮忙嘛，小翠姐姐！我也不是为我自己，有一个小姐姐好可怜，她生下来就没有左手，住在孤儿院里，连爸爸妈妈的面都没有见过，我要攒钱给她装一只左手……"郑阿球努力挤出眼泪。

"她怎么会没有爸爸妈妈？"小翠不知不觉被郑阿球套进去了。

"少了一只手，他们不想要，就把她丢了呗。"

"连爸爸妈妈都不要，真是可怜。要不，我替你背一下试试吧。"小翠被郑阿球说服了。

小翠想拎起睡袋试试，哪知太重了，她根本拎不起来。一个强壮的苗民小伙推开她："小翠，你想送死吗？这么重的东西，就是以你爸爸当年的力气，也不一定背得动！"

"那怎么办？它很重要，是带给一个没有左手的小姑娘的……"小翠完全相信了郑阿球的说辞。

壮小伙思索了半晌，说："我来背吧。"

"大霓，你不要命啦！"另外三个苗民勇士都来劝阻。

"不要紧，我身体很强壮，既然是苗民第一勇士，就要当得起这个称号。"叫大霓的小伙子说。

大霓执意要背百宝袋，伙伴们劝说也没用。后来，大家也就放弃努力了。

郑阿球悄悄地挥了一下拳头——嘿！他胜利了！

小翠背苏小蛮，大霓背百宝袋，其他三个苗民勇士分别去背唐古拉、郑阿球和贺子春。

五个苗民飞了起来。全体鲛人在海上目送，一片"林立"的手臂挥舞个不停，每个人都非常不舍。

"飞仙再见！"

"一路顺风！"

无数只挥动的手臂使无波之海也起了波浪。

"飞仙"们也不停地挥手，挥着挥着，鲛人和礁石的影子，都远了……

无波之海风平浪静，如果没有百宝袋，大家会飞得比较轻松。

但是，百宝袋实在太重了，没飞多远，大霓的脸上便冒出汗珠来。

"大霓！感觉怎样？要不要我跟你换换？"一个苗民勇

士飞近大霓。

"怎么换?在这半空中,上不着天,下不接地的。"大霓艰难地说。

"大霓加油!我相信你,苗民第一勇士不是徒有虚名,你可以的!"小翠在大霓的旁边飞,不停地给他打气。

"一定可以!"在小翠面前,大霓也愿意展示自己的勇武。

"不要说话,节省力气,我们的路还远着哪。"小翠不让大霓再开口。

苏小蛮担忧地看着大霓。他看起来很吃力,绝对不可能坚持到明天早上——小翠说,要到明天早上才能抵达那座岛屿。

"鸦鸦,去帮他一下。"苏小蛮说。鸦鸦虽然小,力量微薄,但如果能替大霓分担半斤八两,也总比他一个人苦撑强。

鸦鸦飞了过去,衔住袋子的一角,跟大霓一起分担重量。

天青海蓝,混成一色,视野里除了天和海,再也看不见别的东西。这样的旅途,无疑是很枯燥的。

飞了多远,或飞了多久,似乎都没了意义。仅有的问题是那座岛在哪里,以及大霓究竟能撑多久。

大霓一声不吭。他的眼睛发红，翅膀扇出沉重的声音。

"阿球！把你的破烂扔掉，你会把大霓害死的！"唐古拉朝郑阿球大吼。

郑阿球尴尬地笑着，向大霓喊："你行不行？如果实在不行，就扔到海里算啦。"

唐古拉在心里骂了一声："这个狡猾的家伙！"郑阿球这种问法，明显是要害死人。万一大霓逞勇，坚持要背下去，那就坏了。

"喂，大霓！不要听他的话，把袋子扔到海里！"唐古拉隔空朝大霓喊。

贺子春也喊："扔掉它！"

大霓没有吭声，但是他倔强的姿态摆在那里：他要背下去，绝不扔掉百宝袋。他要当得起苗民第一勇士的称号，绝不做半途而废的怂包。

"你这个贪财鬼，丧尽天良！"唐古拉气愤地骂郑阿球。

第八章
珍珠岛屿

　　时间变得非常难熬，每一个人的心都悬着。他们不停地去看大霓的情况。他肯定撑不到明天早上，至于还能撑多久，谁都不知道，也许下一秒就撑不住了……

　　过去了无数秒，大霓仍然在坚持，他的呼吸变得异常粗重，翅膀也扇动得越来越慢，慢得连守财奴郑阿球都有点动摇了——他可能真得舍弃百宝袋，不然大霓会死掉。

　　"前面有一座小岛！"鸦鸦忽然松开嘴巴，大叫起来。

　　所有人都很激动，尤其是苗民。他们从来不知道这方海域还有一座岛。这种绝处逢生的感觉，真让人惊喜啊。

　　近了，所有人都能看见那座岛了。是一座雪白的小岛，静静地浮在碧蓝的海水上，笼罩着一层淡淡的珠光，看起来如梦如幻。

看到岛屿出现，郑阿球改变了主意，大霓改变了主意，所有人都有点改变主意——他们不约而同地想：再撑一点点儿时间，到岛上就好了。

"呼！"小翠最先降落在岛上。小翠一落地，苏小蛮急忙滑下来，迅速回头接应大霓。

大霓是最后一个降落的，一落地，百宝袋从他背上滑脱。这位苗民第一勇士，也一头扎在了白色的沙滩上。

"大霓！大霓！大霓！"小翠拼命呼唤。每一个人都在呼唤。

大霓一动不动。

小翠把大霓抱在怀里，以手去探他的心跳。

大霓的嘴角渗出一丝血迹，脸上血色全无，一双眼睛闭得紧紧的。

"他累坏了。"小翠的眼泪流下来。

唐古拉瞥了郑阿球一眼，那目光仿佛刀子一般，恨不能把他戳出一百万个透明窟窿。

郑阿球不敢抬头迎视小伙伴的目光。早知道这样，他要什么珠宝呀，天生穷骨头，还做发财梦！郑阿球真是肠子都悔青了。

"对不起！对不起！"苏小蛮不停地跟小翠道歉，又向另外三位勇士致歉。她打开背包想给大霓找药，却只找出一盒清凉油。

"不用了，"小翠推开苏小蛮的清凉油，木木地说，"大霓的伤只有我爸爸能治。我要赶紧带他回去，剩下的路，我不能陪你再走了。对不起，小蛮！"

"应该说对不起的人是我们。小翠，你确定大霓没有生命危险吗？"苏小蛮心里难过极了。谁能不难过呢？多么好的大霓！

"如果快一点儿，还来得及。"小翠说。

小翠把大霓背到身上，用鲛绡缠起，三位勇士围绕着她，八只巨翅扇动起来，四名苗民很快腾空而起。

"对不起！对不起！"苏小蛮跳起来冲苗民朋友挥手，眼泪直流。

唐古拉和贺子春也挥手。郑阿球则抱着头蹲在沙滩上。

不多一会儿，小翠和大霓等人的身影消失在海天之间。唐古拉回过身来，走向郑阿球。

郑阿球抬起头来，眼眶里盈满泪水。

"要这些劳什子干什么呀！"郑阿球忽然跳起来，拖起一睡袋珠宝，把袋里的东西全部倒出来。他猛踩那些珊瑚树、玳瑁壳、海螺珠，一个劲咒骂自己："财迷心窍！利欲熏心！不自量力！做翻身梦！其实你这个王八蛋就该去死！"

踩完了，郑阿球一头扎到沙滩上，号啕大哭，声音活像一头牛。

看到郑阿球那么痛苦，苏小蛮想过去安慰他，唐古拉说："不要管他！随他去！"

贺子春注视着郑阿球乱蹬的双脚，忽然像是看出了什么端倪，"你们瞧！"他示意唐古拉和苏小蛮看脚下的沙滩。唐古拉低下头，看到沙滩除了洁白些，并没有什么稀奇之处。

"你再仔细看，是不是珍珠？"贺子春提醒道。

唐古拉和苏小蛮一人抓了一把沙子，放在掌中仔细观察。沙粒有黄豆大的，也有绿豆大的，都圆润有光泽，怎么看怎么像珍珠，不，这其实就是珍珠！

难道这座洁白的小岛，竟是由珍珠堆成的？

"郑阿球，别哭了！你对珠宝比较有研究，你看看，这沙滩上是不是珍珠？"唐古拉向郑阿球喊道。

郑阿球止住哭泣，盯着眼前的沙滩看了半响，霍然跳起来。

"是珍珠！全部是珍珠！"

四个孩子向岛的中心跑去。很小的一座岛，大约有一个篮球场大，中部微微高耸，呈非常规整的圆锥形。但是它的每一粒沙,都是珍珠!

"哇!我是不是在做梦?一座珍珠堆起的岛!"

"早知道我就不要那些龟壳和珊瑚了!"

"太神奇了!在人间界永远也看不到啊!"

小伙伴们高兴地在岛上奔跑、呼喊,刚才的愧疚和沮丧,消失得无影无踪!

跑了没一会儿,唐古拉忽然"嘘"了一声。

"什么情况?"郑阿球警惕地问。

"珍珠堆成的岛,那么滑的东西稳固性肯定不好。万一珠崩了,就像雪崩那样怎么办?"

"啊!我们动静小点儿。"

小伙伴们提着鞋子,蹑手蹑脚地走在珍珠岛上。细细圆圆的珠子按摩着脚丫,真舒服!

小岛的每一寸地方都让他们走遍了,每个人都好好享受了一通珍珠按摩。

这时候,夕阳垂挂在西边的天幕上,蓝天,碧海,白岛,四周美极了,也静极了,静得都能听到身体内血液流动的声音。

"咕……"

"咕……"

大家的肚子都在叫。自从在鲛人那里简单吃了点海菜之后，小伙伴们的肚子很久没有填充新食物了。

"我带了一些海菜，大家将就着吃点吧。"苏小蛮取下背包说。

"我不想吃海菜了！你等等，我看看能不能抓点儿鱼来吃。"郑阿球制止了苏小蛮。

郑阿球刚才扔到海里的玳瑁壳和砗磲壳，已经吸引了一些小鱼在里面。郑阿球赤脚下到海里，轻轻地把壳端起来，呆头呆脑的小鱼就都收入囊中了。

"没有人类来捕捉，这些鱼都好呆！"郑阿球欣喜地说。

"鱼有了，煮鱼的锅也有了，可是我们没有柴火啊。生吃？"贺子春担忧地问。

"我不想再吃生东西了。"苏小蛮说。

苏小蛮不想吃生东西，便开始想办法，把鱼做熟。可是怎么做熟呢？三个男孩子呆呆地望向苏小蛮，看到她拔出长刀，剖了鱼，并用海水把鱼清洗干净。洗好的鱼摆在砗磲壳里，有好几十条。

苏小蛮坐下来，平端着长刀，把一条鱼摆在刀身上。

"你要做铁刀烧吗？可是没有火你怎么烧？"三个围观的男孩说。

苏小蛮摆了摆手，让鸦鸦过来。

鸦鸦跳到刀尖上，歪着头看向主人。

"鸦鸦，你从前收集的热量，现在放点出来好不好？我们一起努力，看看能不能把鱼煎熟。"

"遵命，主人！"鸦鸦乖巧地说。

鸦鸦用爪子摁着刀尖，苏小蛮左手握紧刀柄，右手继续往刀身上摆鱼。

一股力量在苏小蛮身上酝酿，并传到左手。她左腕上的朱雀手环发出淡淡的红光，红光一直蔓延到刀身上，刀尖上的鸦鸦仿佛一个黑色的休止符，把红光牢牢锁定在刀身处。

三个男孩子屏息静气地看着。他们看到，刀身上的鱼，慢慢冒出热气。

热气越来越大，渐渐有烤鱼的香气散布在空气中。

鸦鸦跳过来，用爪子灵巧地给烤鱼翻了个面。

"撒上点孜然就好了。"贺子春吞了一下口水，轻轻地说。

"不要那么挑剔了！不用再吃可怕的海菜，我就已经幸福得想流泪了！"郑阿球说。

唐古拉看着苏小蛮，什么都没说。但是他的眼神透出无限敬佩，这个小女孩，平常不声不响的，总是在最关键的时候站出来。她好优秀啊，优秀得让唐古拉都有点自卑了。因为不论是金晋的安排，还是小伙伴的默认，唐古拉都是灵兽远征队的领袖。作为一个领袖，他做过什么呢？还不如比他年幼的苏小蛮！

"可以吃啦！"苏小蛮的欢叫声打断了唐古拉的思绪。郑阿球率先伸出手去抓了一条鱼，可是鱼太烫了，烫得他直哆嗦。

"好烫好烫！好鲜好鲜！"郑阿球一边吞鱼一边说。

苏小蛮的嘴角一直挂着微笑。她的设想果然没错！她和鸦鸦搭档，就是一个功能强大的小厨房，以后不管处在什么环境里，大家伙儿都有熟东西吃了！

"我声明，以后由我来当后勤部长！大家以后的伙食，都归我管。"苏小蛮快乐地说。

"我供应食材！"郑阿球举起一只手。

"我似乎只能吃白食了。"贺子春愁眉苦脸地说。

"吃白食的还有我呢！"唐古拉也举起一只手。

"怎么是吃白食？唐古拉是元帅，贺子春是参谋长，你们两个的见识，是我跟阿球比不过的。"苏小蛮回过头来，对着两个小伙伴做了一个鬼脸。

饱餐了一顿烤鱼后，小伙伴们躺在珍珠铺就的沙滩上，幸福感油然而生——不过很短暂，因为他们很快想到了生死未卜的大霓，以及如何才能离开珍珠岛去陆地的问题。就算满岛珍珠价值连城，也不是久居之地啊。

"不用担心,明天我让鸦鸦去看下大霓的情况,至于出路也等明天再想办法,现在,大家好好地睡一觉,积蓄体力!"苏小蛮说。

此时月色皎洁,照射得满岛珍珠发出莹光,月光和珠光,上下交相辉映,使大家产生一种感觉:他们可能待在一面魔镜里。镜外是不是还有一双眼睛正注视着他们呢?想到这里,小伙伴们既亢奋,又不安。

露营地点选在圆锥体的半腰处。大家都没有打开睡袋:以珍珠为床不是每天都能遇到的,何必放弃享受的机会呢?全方位无死角按摩,多舒服啊。

小伙伴们都把身体半埋在珍珠里,头枕着背包,呼呼大睡。

夜里,他们做了一个同样的梦:他们不是睡在珍珠岛上,而是睡在一个巨大的肥皂泡里。肥皂泡由一个巨人吞吐着,但是巨人的脸,他们却看不清。

肥皂泡越吹越大,他们在肥皂泡壁上一路下滑,想抓住什么,却什么也抓不住,因为身边都是滑溜溜的珍珠!哦,还有背包呢,他们急忙把背包抓在手里,紧紧抱住,却仍阻挡不住一路下滑的趋势……

唐古拉猛然从梦境中惊醒过来,他耳中全是沙沙的声响。唐古拉睁开眼睛,发现原本并排躺着的小伙伴,全部分开了!每一个人都在下滑,珍珠的河流迅速涌动,要把他们带向未知的地方。

"快醒醒!"唐古拉大喊着,一把抓住离他最近的郑阿球。

郑阿球醒了。贺子春和苏小蛮也都醒来了。他们很快被眼前的情景吓坏了:珍珠发出沙沙的狂响,急速地滑向未知的黑暗,他们躺在流动的珍珠上,身不由己,只能跟它一起向下坠落。

"怎么回事?岛崩了吗?"危急的关头,苏小蛮一把抓住离她最近的贺子春,拼命大喊。

"不知道!快,唐古拉抓住我!不要滑下去!"

珍珠铺天盖地地涌下来,一直灌到大家的嘴里。贺子春只好闭上嘴巴,努力把脚伸给唐古拉。

唐古拉抓住了贺子春的脚踝。

珍珠继续不停地流动,如同流沙。因为具有奇滑的表面,摩擦力极小,圆锥形的岛屿迅速崩塌了,中间出现一个漏斗。四个孩子连成一串,在漏斗中间拼命挣扎着。

鸦鸦在半空扑棱翅膀,发出凄厉的叫声:"呱!呱——"

现在,不仅不能张开嘴,连眼睛都无法睁开了。唐古拉只清楚一个情况,他们四个还连成一串。这就好,只要有一个人能稳住，其他人就有机会得救。

　　珍珠疯狂流动，漏斗中间现出一条狭窄的通道，仿佛龙卷风的中心。唐古拉忖度方位，猜测他们应该在海平面之下。这时候他开始回想，但是他想不通好好的岛屿怎么会忽然崩塌。他没有听到异常的响动，因此不大可能是由于地震。没有风，也形不成大浪。那么，究竟是什么原因引起的？

　　手、脚、背包、兵器，小伙伴们牢牢抓住手里的东西。他们清楚一件事，只要四个人还在一起，情形就不算最糟糕。

　　"哗——"珍珠流动的速度过快，沙沙声不知何时变成了可怕的尖啸。

　　海水浸到皮肤上了，好冷！

　　事情坏到不能再坏的时候，忽然发生了转机——珍珠和海水混到一起后，流动的速度瞬间变慢了。小伙伴们下滑的速度也随之变慢。

　　珍珠开始向四方漂散，被压迫的感觉一下子减轻了，大家好像沉在一杯珍珠奶茶底部的水果丁。只是，这个杯子太大了！谁来喝这杯"奶茶"呢？如果真有这么一位客人的话，那太可怕了！

　　郑阿球感觉到海水在向一个方向流动，忽然间他明白了一件事：不是珍珠在流动，而是流动的海水带动了珍珠！那么，三更半夜的，为什么突然出现一股诡异的海流？郑阿球尝试着睁开眼睛，透过急速流动的珍珠，他看到，在黑暗的海水深处，有两团冷冷的微光，似乎离他很近，又似乎隔得很远……

第九章
骨排，不是排骨

这时候，海流忽然换了一个完全相反的方向，小伙伴们不再往下滑了，而是和珍珠一起上升，就像被一股喷泉推着，升向海面。

郑阿球带着一串小伙伴，顺着海流，拼命游动。

"哗！"四颗小脑袋先后从海水里冒了出来。除了郑阿球，每个人都张开嘴巴，拼命呼吸！

大脑缺氧的状况改善之后，大家伙儿赶紧观察四周，看看小伙伴们是不是都在，以及周围的情况怎么样了。这一看，完全是在意料之外——可爱的珍珠岛屿居然消失了！视野里一片黑茫茫的，全是海水。

"主人，你总算上来了！我差一点儿吓死……"鸦鸦激动地飞过来，衔着主人的背包。

苏小蛮在"奶茶"里拼命划动手脚，不让身体沉下去。很快她便发现，哪怕手脚不动，身体也不会下沉，海流一直向上，向上，珍珠就像喷泉里的泡沫一样，直泛上来。

"我感觉，"贺子春斟酌着说，"可能是一头鲸鱼在换气。"

"有那么大的鲸鱼？"唐古拉看过鲸鱼换气的图片，喷出来的气水混合柱完全像喷泉。

"在这个奇异的世界里，有鲛人、有鸟人，出现一艘航空母舰那么大的鲸鱼，并不奇怪。"郑阿球想起他在海底看到的，那两团冷冷的微光，不由得打个寒噤。

"天还要多久才会亮？"郑阿球问唐古拉。唐古拉抬头看了看天空，月亮已经沉下去了，灰蓝色的天幕上只有星光在闪烁，在海天相接之处隐约能看到一些云影。于是他回答道："还有大约一个小时。"

这一个小时真难熬！对海水的恐惧，对未知事物的恐惧，压得小伙伴们话都不想说了。

但是，他们脚底渐渐坚实起来，珍珠重新填充，一座岛屿正在形成中。

当第一抹晨曦照亮海面的时候，大家都有点昏昏欲睡。他们互相看了看，每个人的脸色都很苍白。

等到太阳跳出海面时，大家可以看到，全新的珍珠小岛已经完全成形了——虽然使用的可能还是旧材料。

疲惫不堪的小伙伴们躺在向阳的珠坡上，一面让阳光烘干衣服，一面观察这座崭新的岛屿。

看起来和旧岛差不多，要说有什么不同的话，就是有个地方被海水拖曳成了簸箕形，簸箕的入口，正是夜里海流吞吐的方向。

唐古拉站在簸箕口向海中观察。碧蓝的海水平静而又清澈，看不出有什么异常。

"昨夜，我看到有两团光在海底……"郑阿球吞吞吐吐地说出夜间的发现。

小伙伴们都把目光投向郑阿球。目光里有惊讶，更多的是惊恐。

"你感觉，那是什么？"唐古拉问。

"我不知道……"郑阿球摇头。

"中午，你下去看一看？"唐古拉用商量的口气说。

"打死我也不去！"郑阿球跳起来哀号，"可能还不等我弄明白是怎么回事，一条小命就飞上西天了！连尸骨都收不回来！"

唐古拉看了看贺子春。两个人脸上是一样的苦笑。郑阿球不愿意去海底，他们也没办法。同样，他们也不敢去海底，看来只好三十六计，走为上计。

可是，怎么走呢？没有苗民的帮助，也没有船只，想离开这个可怕的地方，难于上青天。

"阿球，去打一些鱼来，我给大家做早饭。"苏小蛮率先打破了沉寂。

"好吧。"郑阿球从远离簸箕口的地方下到海里，捉了一些小鱼。苏小蛮如昨天一般炮制，四个人又吃了一餐烤鱼。

吃完早餐，苏小蛮吩咐鸦鸦："你去小翠姑娘的浮屋，看看大霓怎么样了。要是他已经好了，你就请求小翠姑娘再找人来，送我们一程。"

"遵命，主人！"鸦鸦扑扇起翅膀，升上天空。

鸦鸦走后，几个人像热锅上的蚂蚁似的在岛上乱转。昨天让他们惊艳的珍珠岛完全失掉了魅力，它不再华贵，不再美丽，而是被死亡的阴影全面笼罩，恐怖莫测，让人不寒而栗。

后来，心力交瘁的大家躺在太阳底下打了个盹，醒来时，鸦鸦正好回来了。

"小翠姑娘的爸爸，正在替大霓治疗。他还没有醒过来。"鸦鸦伶牙俐齿地汇报。

几个人颓然倒了下去。在这种情况下，还向苗民求助，他们谁也做不出来——这也太没良心，太不要脸皮了！

不知不觉到了午饭时分，郑阿球又下海去捕鱼。这一次，他潜游到远离珍珠岛的地方——想到夜里的两团冷光，郑阿球越来越感到恐惧，他非常害怕自己一个人在海底时，忽然有怪物从幽昧中蹿出来，一口吞了他。

但捕鱼回来的时候，郑阿球脸上却又堆满了喜色。

"我在那边看到一些大鱼的骨架，我觉得可以用它们做点什么。"郑阿球向小伙伴们汇报他的新发现。

"骨架有多大？"唐古拉问。

"有小汽车那么大，堆在一处浅滩上。"郑阿球比画道。

"好，你去拿过来，让我看看，能做些什么。"唐古拉用命令的口吻说。

郑阿球把鱼交给苏小蛮，又下到海里，向远方潜去。等到苏小蛮烤熟一条鱼后，郑阿球带着战利品回来了。那是两根略微弯成弧状的长骨，颜色洁白，表面光滑，每一根都有两米多长。

小伙伴们拿着骨头研究了一阵子，得出一个结论：这是某种大型海生动物的肋骨，也许是鲸鱼的。

"如果数量足够多，我可以把它们扎成排子。"唐古拉简短地说。

"排子？完全够！你等着啊，我都拿来。"想到有排子就能离开珍珠岛，郑阿球心里说不出地高兴，他又一个猛子扎到海底。

郑阿球一趟又一趟，往返十多次，把可以利用的骨头都拿了回来。唐古拉和贺子春在清浅的珠滩上接应。

唐古拉和贺子春把数十条大鱼的肋骨拖上珍珠岛，又一起用绳索把它们捆扎起来——贺子春的动手能力并不强，奈何唐古拉心灵手巧，精活细活都难不倒他，两个人一个做大工，一个打下手，忙活到傍晚时分，一个宽大又牢固的骨排终于成形了！

骨排的浮力并不足以支撑四个孩子的体重，唐古拉又想出一个主意——把两个睡袋吹满空气，扎起袋口，绑到骨排两边。于是，四个人吹气的吹气，绑扎的绑扎。一番辛勤的劳作之后，再把骨排放到海里，骨排果然稳稳地浮着，载四个人绝对没问题。

"马上离开吧！"唐古拉说，"两个人一组，轮班不停地划，直到找到陆地为止。我的脚那么多天没踏过土地，快要受不了了！我怀疑我会得晕海病……"

"我相信你的话。"看了看唐古拉的脸色，郑阿球说。玄武属水，能刚能柔，他在无波之海生活再久也不会有不适感；唐古拉就不同了，麒麟属土，主仁厚宽恕，在这动荡不安的海上世界，他真不适应！

大家不敢迟延，迅速把背包和兵器、乐器都放在骨排上，随后人也坐了上去。四个人用鱼骨做成的小桨拼命划水，骨排离诡异的珍珠小岛，越来越远了。

划出一千多米远，大家才有闲暇在夕阳的余晖中回头观望，只见洁白的小岛在碧海上发出氤氲的宝光，宝光被琥珀色的晚霞笼罩着，看起来宛如蜃气幻景。可是，他们知道，这美好的表象完全是欺骗，背后埋藏的是无尽杀机。

夕阳很快落下去了，略略残损的月亮接替太阳的工作，发出莹莹的清光映照着海面。珍珠小岛看不见了。唐古拉开始安排夜班的工作：他和郑阿球值上半夜，苏小蛮和贺子春先休息，等到半夜再起来换班值下半夜。

苏小蛮和贺子春先睡觉去了。唐古拉和郑阿球一个在排头，一个在排尾，继续拼命划桨。

水平如镜的海面上，一只小小的骨排艰难地移动着。

半夜时分，苏小蛮和贺子春起来，接替唐古拉和郑阿球的工作。累了半夜的两个男孩，一倒下去就发出鼾声。

夜，真漫长！苏小蛮一边划水，一边让鸦鸦陪她说话。贺子春呢，则默默旁听着。

月亮不知不觉落下去，繁密的星光照亮海面，后来又是晨曦。当第一缕晨曦照到昏昏欲睡的鸦鸦身上时，它清醒过来了。

清醒后的鸦鸦飞起来，观察周围的情况。

"呱！那边有一座小岛！"鸦鸦兴奋的尖叫声惊动了所有人。唐古拉站起来手搭凉棚向鸦鸦所指的方向张望，海面上果真有一座小岛。

"哇！加油，上岛就可以歇歇了！"小伙伴们身上陡然平添许多力气，大家一齐用力划，小岛越来越近。日上三竿时分，骨排成功停靠在岛边。

是一座绿色的小岛！它不是由诡异的珍珠组成的！这一点让大家都放了心。

"上去看看有没有淡水。如果有果树就更好了，可以补充点维生素。"唐古拉把骨排系在一缕奇怪的藤蔓上，带着大家上了岛。

这座岛也非常小，还没有一个足球场大，外观呈规整的圆丘状。岛虽然是绿色的，高大的植物却不多，多的是苔藓、地衣之类，还有一些叫不上名字的藤萝。

"就这样也比珍珠岛好，至少有个岛的样子！咱们先扎营，好好休息一下，恢复体力之后再上路。"唐古拉说。

大家带着全部行李上岛。然后郑阿球又去捕了一些鱼，苏小蛮和鸦鸦一起把鱼烤熟，大家饱餐了一顿。

大家夜里太紧张了，也太累了，肚子吃饱后，温暖的太阳照上身来，每个人都无比困倦，呵欠连天。唐古拉说："先睡一觉，养一下精神吧。"

四个人都睡着了，包括鸦鸦。一个漫长的早午觉，等到醒过来时，他们发现情况又变得有点糟——大家辛辛苦苦扎成的骨排不见了！

是被海流带走了，还是怎么回事？小伙伴们绕岛一周，也没找到骨排的蛛丝马迹。

"骨排逃走了，还拐跑了我的睡袋，气死我了！"郑阿球愤怒地说。

"我的睡袋不是也一样？不过这样也好，以后没有珠宝的累赘了。"唐古拉冲郑阿球意味深长地一笑。

"你！"郑阿球对唐古拉怒目而视。

"你什么你！"唐古拉瞪起眼睛，"要不是你非要带那么多珠宝，我们会落到这般田地吗？苗民早把我们带到陆地了，大霓也不会被累伤！"

郑阿球语塞了。

"骨排，为什么不是排骨呢？"贺子春在旁边幽幽地说，"我现在好想吃妈妈做的糖醋排骨啊。"

啊，糖醋排骨，他们多久没有吃过了？大家都觉得，好像有三十年没品尝过人间界的食物了。在这个荒凉落后的地方，天天茹毛饮血，真是辛苦到不能再辛苦啊。

"没有办法,谁让我们是灵兽呢?王大淘倒是天天吃好吃的,但他还羡慕我们呢。"唐古拉拍拍贺子春的肩膀安慰他。

"嗯,是这样。至少我的眼睛能看见了,就当吃苦是补偿吧。世上哪有免费的午餐?如果可以选择,我还是选择现在。"贺子春说道。虽然累,虽然苦,虽然死亡时时在威胁着他们,但他还是喜欢现在。

第十章
会移动的岛屿

既然骨排逃走了，暂时没有办法离开小岛，大家只好安下心来，待在岛上等待外援。

鸦鸦又飞去苗民的浮屋看了一次，大霓能正常呼吸了，也有了意识，但是离恢复健康还很远。在这种情况下还请求人家帮助，谁也开不了口。

于是，只好在岛上继续休养。

白天，就是吃饭、睡觉、练武。苏小蛮还拆了她和贺子春的睡袋，用匀出的材料替唐古拉和郑阿球各做了一个。

夜晚来临时，自然是睡觉。都是十多岁的孩子，再加上连日辛苦，虽然互相提醒要有所警惕，但每个人都还是睡得很沉。

第二天，大家迎着朝霞醒来。因为前路依然茫无头绪，便一个个都拥着睡袋，瞪着茫然的大眼望着海面出神。

忽然，鸦鸦又发现了什么。

"咦，那儿有座发光的小岛！"

大家顺着鸦鸦的目光看去，果然，远远的海平面上浮着一座小岛，小岛在朝霞的笼罩下发出淡淡的红光。

大家凝神看了半天，弄不明白是怎么回事。一座发出淡红色光芒的小岛，是红宝石岛吗？

先遇一个珍珠岛，然后是翡翠岛（就是脚下的绿色小岛），接着再来一个红宝石岛。无波之海上的岛屿，真是诡异得很呢。

按照鲛人和苗民的说法，海上岛屿非常少，现在忽然出现这些奇怪的岛屿，明显跟传说不符嘛。

看了半天，也猜了半天，还是猜不出个所以然来，大家只好不猜了。

还是郑阿球捕鱼，苏小蛮做早饭。吃的依旧是烤鱼。吃过后，大家练兵的练兵，练琴的练琴，一个都没闲着。

白天，大家不断地观察着红宝石岛，发现它的颜色总是在变化，由清晨的红灿灿，变成上午的黄澄澄，正午，又变成粉红色了，那点红非常淡，几乎可以说是粉白。

会变色的岛屿，是怎么回事呢？

大家在一起推测、研究，后来列出几个可能的解释：

一、红宝石岛其实是水晶岛，所以会随着阳光照射的角度变换颜色。

二、更奢华的版本——红宝石岛其实是金刚石岛，会变颜色的原理参见第一条。

三、红宝石岛并不是岛，而是某种大型海生动物的尸体，比如放大千万倍的桃花水母，桃花水母死亡后浮出海面，形成一座假岛。（大家都不知道桃花水母长什么样，这一条纯粹是贺子春一个人的异想天开。）

四、岛屿并不存在，大家的所见只是一个幻象。

"让鸦鸦过去实地勘察一下，那东西到底是个什么岛，或者究竟是不是岛，鸦鸦一去就知道了。"郑阿球向苏小蛮提议。

"如果是金刚石岛，你就让它顺便带点金刚石来，对不对？"唐古拉斜视着郑阿球。

"哈哈！你很了解我。"郑阿球笑得臼齿都露出来了。

"可是，如果是桃花水母的尸体呢？我可不要去看！主人，我不想看到尸体，尤其是你们都没见过的什么母的尸体……"鸦鸦的表现让大家感到惊异，它不仅明确拒绝了任务，还惊恐得到处乱钻。谁都看得出来，想让它去勘察岛屿，完全不可能。

"它为什么那么怕尸体？乌鸦不是食腐动物吗？"郑阿球问苏小蛮。

"那是乌鸦！我又不是乌鸦！我是三足乌，是光明的使者和温暖的化身！我们平生最怕的就是黑暗和腐烂了……"鸦鸦强烈抗议别人把它划入乌鸦一类。

"你的血统根本不纯正！你看你哪有三只脚？要说你肚皮上羽毛里藏着的那只是脚，它太小了，那也叫脚？简直笑掉人家的大牙！……好吧，就算它是脚，那能说明什么呢？只能说明你是一个串子！三足乌的血统大量混入乌鸦的血统……"郑阿球唾沫飞溅地说着鸦鸦。

面对如此恶意的诋毁，鸦鸦要委屈死了。苏小蛮看不过去，对郑阿球道："不要说血统的话了，叫鸦鸦一个女孩去看尸体，也不合适。"

"它是女孩吗？你从哪里看出它是女孩的？我怎么看不出来？"郑阿球诡辩道。

话题又转移到鸦鸦的性别上，关于岛屿的争论便不了了之了。

一天的时光不知不觉过去了，夜幕降临，大家又在岛屿的最高处，摊开睡袋睡觉。

酣甜而漫长的安眠。等到大家再醒过来时，翡翠色的岛屿又沐浴在漫天的霞光中了。这时候大家发现无波之海的好处就是天气好，没有狂风巨浪，也没有雷霆暴雨。一片无际的汪洋，就这么摊在阳光下，懒懒地、浅浅地蓝着。如果在人间界，这儿绝对是度假胜地，游客云集。

"可是，我还是要说，我喜欢陆地。"在大家交口赞美眼前的景色时，唐古拉咕哝着说。

"陆地有什么好，说不定有很多凶兽，还不如在这儿，能安享一段太平岁月。"郑阿球不以为然地说。

"你以为海上就没有凶兽啦？"唐古拉反驳道。

"海上能有什么凶兽呢？你说说看，你说！你说呀！"郑阿球一张小嘴连珠炮似的。

"……"唐古拉嘴巴动了半晌，一个字也没说出来。

"喂，你们看那座岛，有点不对劲！"贺子春打断了两个人的斗嘴。

顺着贺子春的目光，他们看到的是"疑似红宝石"岛——沐浴着红艳的朝霞，它又变成淡红色了。

但是这个淡红色岛屿，比他们昨天早晨看到的淡红色岛屿，要大。

几个人交换过眼色，明白大家的判断是一样的。那个奇怪的岛屿，的确变大了。

为什么会变大呢？谁都想不明白。难道它是另一个岛？如果是的话，那原来的小岛哪里去了？苏小蛮取出罗盘，唐古拉观察太阳的方位，可无论他们怎么看，岛屿就在昨天的位置上，一点儿都没动，它就是昨天的那个岛，只是单纯地变大了。

难道它夜里会长大？如果是这样，除非它又是一个珍珠岛。如果是这样，那就麻烦了。

大家争论的时候，郑阿球没有说话。没有谁比他更关心"红宝石岛"了。昨天他一直在观察那个奇怪的岛，同时心里打着小九九：如果真是红宝石岛或金刚石岛，他就让鸦鸦替他衔几块来。红宝石和金刚石不像砗磲壳或珊瑚那么笨重，一点点就能换好多钱。

现在，郑阿球凝视着红色的岛屿，心里涌出一个可怕的猜测。如果他的猜测是真的……

"啊！"郑阿球忽然发出一声惨叫。

"怎么了？"三个伙伴齐声问。

"它，就是我们逃离的珍珠岛！它不是在变大，而是离我们越来越近！"郑阿球的神色无比惊恐。

大家再仔细看了看，都倒抽一口冷气。郑阿球的推断很正确！那个岛没有变大，之所以看起来好像大了，是他们之间的距离越来越接近的缘故，而更恐怖的是，它很可能就是他们曾经逃离的珍珠岛！

那个岛有生命吗？它会追过来吗？它会像冤魂一样缠上

他们吗？它到底想把他们怎么样？撕毁还是吞吃？大家迅速想了一下，每个人的脊背上都像被浇了一桶冰水，冒出刺骨的寒气。

"鸦鸦，去看一下，它是不是我们曾经逃离的珍珠岛。"苏小蛮命令鸦鸦。

"好的，主人！"鸦鸦欣然接受了任务——只要不是让它去看尸体，怎么都好说。

鸦鸦飞去了小岛，很快又飞回来了。它落到主人手心，嘴里吐出一粒东西，一颗圆滚滚的珍珠。

"岛上都是这种东西。"鸦鸦汇报说。

大家都看过了珍珠。结果确凿无疑了，那个岛，就是他们曾经逃离的珍珠岛。

岛为什么会追上来？思考一下，也不难明白。它相当于海上的一个沙丘，被某种诡异的力量推动着，缓缓前行。只是，那股力量来自哪里？海流，地震，还是潮汐？

可是根据他们几天以来的观察，无波之海很平静，地震和潮汐都不大可能，除非海底有他们看不见的暗流。

听到伙伴们说到"暗流"，郑阿球叹了口气——如果是暗流倒好了。他忘不了那夜在海底看到的两团微光，冷冷的，很瘆人。

白天，大家的注意力全在那个珍珠岛上。它很平静，在阳光下放射出柔和的光芒。

如果有移动，那也是夜里的事情。

"今夜我们轮班睡觉，留一个人时刻观察那个岛。"唐古拉说。

"好！"

"就得这样！"

"必须的！"

第十一章
水怪之谜

夜晚来临,唐古拉让苏小蛮值第一班。第一班不那么辛苦,苏小蛮是唯一的女生,让她来比较合适。

三个男孩并排睡去了。苏小蛮和鸦鸦值班。四只眼睛紧紧地盯着对面。珍珠岛很平静,海水也很平静,一切都和昨天一样。

十点钟,苏小蛮推醒郑阿球。根据唐古拉的安排,他值第二班。

郑阿球打着呵欠坐起来。没有人和他做伴,这样的夜班应该很难熬。

苏小蛮去睡了,郑阿球面朝珍珠岛坐下来,眼睛一眨不眨地观察。

可是他的上眼皮好沉重！总是要滑下来，和下眼皮粘在一起。郑阿球用最大的努力阻止，也没有用。

"看来，必须用撒手锏了。"郑阿球起身采来一截草茎，掐成两段，把两只眼皮撑了起来。从前在福利院无聊的时候，他曾经这么干过，用太阳花的茎最好。那种茎肉乎乎的，又有弹性，不会让眼皮感觉到任何不适。

翡翠小岛上草木太少，郑阿球好不容易采来的草茎又细又脆，没过多久就崩断为好几截。

没了"撑眼棒"的阻止，上眼皮落下去就不起来了。眼皮的主人心想，不起来就不起来吧，闭目养神也好……

郑阿球是被唐古拉推醒的。醒来他赶紧拉出怀表，表盘的夜光显示，子夜零点。

"啊，对不起！本想打个盹，不知怎么就睡着了！"郑阿球赶紧解释。

"没事，赶紧去接着睡。"

唐古拉值到凌晨三点，叫起贺子春。

贺子春值到天明，用琴声唤大家起床。大家起来一看，那个珍珠小岛，又近了！

简直让人崩溃！在大家二十四小时几乎不眨眼的盯视下，它是怎么运动，又怎么接近的？

"谁夜里睡着了？"大家互相询问。结果是除了苏小蛮，谁也不确定自己夜里是不是一直睁着眼。

看来只好这样了。大家白天只能徒劳地瞪视珍珠岛，期待它接下来不再继续接近。目前的距离还算安全，情况还算好。

接下来的一夜同昨夜一样。苏小蛮值第一班，郑阿球值第二班，唐古拉值第三班，最后一班是贺子春。

和昨夜一样，苏小蛮和鸦鸦的第一班顺利地过去了。换郑阿球接第二班。他努力和下垂的眼皮作斗争，结果还是失败了，特别能适应环境的郑阿球，放弃了挣扎……

郑阿球是被惊醒的。他闻到了海水的气味。当然，自从来到大荒界，他每天都闻着海水的气味，但是这一次的气味，似乎有所不同。

郑阿球睁开眼睛，警惕地盯住对面的珍珠岛。珍珠岛依然平静，在水平如镜的海面上，俨然一个玲珑剔透的摆件。

那么，奇怪的海水气味是从哪儿飘来的？郑阿球茫然四顾，忽然，他发出一声撕心裂肺的惨叫："啊！"

灵兽远征军的战士全被惊醒了。所有人都第一时间跳起来，奔到郑阿球身边。

"你怎么了？"好几张嘴一齐问。

"不是我！你们看！"郑阿球的声音在颤抖。

大家顺着郑阿球手指的方向看去，只见平静如镜的海面上，不知何时耸起一个黑影。海水哗哗地从黑影上分流下来，一股又腥又湿的气味弥漫在空气中。

没有月亮，星光也不够明亮，在昏暗的夜色里，大家只能观察到黑影是一个活物。至于是怎样的活物，就不得而知了。

"尼斯湖水怪？"贺子春喃喃道。

"是无波之海水怪。"唐古拉纠正。

每个人都瞪大眼睛极力观察。那东西细长、蜿蜒、扭动。的确是水怪，确切地说，是海怪。

那么，究竟是何种海怪呢？人间界的海怪都还蒙着重重面纱，无人知晓，大荒界的海怪就更神秘了。无论大家怎么猜，都猜不出那是什么怪物。

在大家议论的当口，海怪倏然沉下去了。无波之海又恢复了昔日的宁静。

大家再也不能安睡了。他们研究、推断，再把推断推翻重新研究。时间很快便到了零点，唐古拉说："你们睡觉去吧，明天再说。"

郑阿球和贺子春、苏小蛮去睡了。唐古拉一个人值夜。但是那个神秘的海怪，再也没有出现。

第二天，疲惫不堪的大家在贺子春的琴声中醒来，发现珍珠岛更近了。

海怪和移动的珍珠岛之间有没有关系呢？如果有，那又是什么关系？

因为疲惫，也因为未解的谜题，大家倒不急于逃离翡翠小岛了。午后，他们还开了一个会。

"我先说。"唐古拉先开了口，"根据我的观察，无论是珍珠岛，还是夜间的海怪，它们的目标都不是要我们的命。"

"嗯，如果想要命，我下海去捕鱼的时候，早死一百回了。"郑阿球说。

"如果想要命，在珍珠岛就能要了我们所有人的命。"苏小蛮说。

"但是当时珍珠喷泉向上涌，不仅不是要命的意思，我认为还相反。"贺子春说。

"要救我们吗？"其他三个成员问。

"救也谈不上。也许只是戏弄？"

"昨夜的海怪也是戏弄我们吗？"

"不像，我们可能只是凑巧遇上了某种情况。要不要写信问问金晋呢？"

"还是不要吧。他没来过大荒界，也不一定知道，反而会害他担心。"

"对了，既然没有危险，我们其实不必害怕。"

"静观其变就好。"

"对！静观其变吧。"

最终达成的意见是，安居翡翠小岛，静观其变。

但是临近傍晚，唐古拉忽然发现新情况：他拔除一根藤萝准备编织绳索的时候，发现藤萝的根很短；不，应该不是藤萝的根短，而是小岛的土层太薄了；不，其实也不是小岛的土层太薄，真相是——小岛上可能根本就没有真正意义上的土壤！

唐古拉不断地把小草、苔藓、地衣拉起来。大家看到，在这薄薄的一层土下面，是坚硬的岩石。

说是岩石，又特别规整，而且用刀砍不动。

唐古拉用钩子的钩尖耐心地刮削，又硬又滑，刮也刮不动。

"怪我，我早该发现这个小岛不对的。"唐古拉沉声说道。

"因为奇怪的岩石吗？"其他三个成员问。

"不，这不是岩石，而是某种动物的甲壳。"

"动物的甲壳？"三个成员齐声问。

"嗯，"唐古拉站了起来，示意大家往四周看，"你们见过这么规整的天然岛屿吗？你们不觉得它有些像乌龟的脊背吗？"

"这么大的乌龟？"三个人背上又被浇上一桶凉水。

"是的。你们记不记得苗民说过,他们为什么逃离原来的家园?不就是因为一只巨大的海龟吗?"

是的,苏小蛮想起来了。小翠说过,十多年前,一只巨大的海龟浮波踏浪而来,咬死在海上捕鱼的苗民,还上岸碾平他们的房屋。小翠的妈妈就是被倒塌的房屋压死的。小翠说,那只龟足有一座小山那么大。小山一般的背甲浮在海上,完全就像小岛。

那只巨龟,在踏平苗民的居住地后,流浪了一些年,又回到海里。它的背上堆积了太多的尘土,草木的种子因此能在上头"安营扎寨",苔藓和地衣的滋生更在情理之中。

所谓的海怪,其实是巨龟的头颈。

所谓会移动的珍珠岛,只是他们的错觉。会移动的其实是翡翠小岛,是巨龟。

谜题就此解开:他们向西南行进,要去陆地;巨龟从西南的陆地返回,回到大海,双方就这样在中途相遇了。

巨龟好像没有吃掉他们的意思。不饿?不对胃口?还是因为在它的背甲上,没办法下口?

"阿球,以后不要再去海里捕鱼了!"苏小蛮说。

"大家不会饿肚子吗?"郑阿球满脸愁容。

"从今天起,我们吃素!"苏小蛮说。

现在的情况下,更不好叫苗民来接他们了。一来危险,二来巨龟是苗民的仇家，会让苗民很痛苦。

那么，就任由巨龟把他们带回大海？好不容易才来到这儿的，真绝望啊。

一片愁云惨雾笼罩了这支灵兽远征军。大家都没力气说话了。无论什么话说出来，都只会徒增不安。

"不要绝望，"后来唐古拉说，"这只龟也许老了，它前进的速度很慢。这里的海也太浅，它沉不下去。我们住在它的背甲上，最安全。"

"嗯。"大家赞同唐古拉的意见。现在只有他们脚下最安全，任何的轻举妄动或试图离开都是送死。未来全是黑暗，只有现在光明——可怜的、暂时的光明！

晚饭是苏小蛮做的烤苔藓。虽然难以下咽，郑阿球还是强笑着说："我曾经立下誓愿，要尝遍天下所有能吃的东西。现在，我完成了一大步……"

"我吃过野草，像羊一样伏在地上吃。"唐古拉面无表情地说。

"我觉得我像驴，怎么办？"贺子春苦着脸用力咀嚼。

"那你就当驴好了。多些体验，人生才能更圆满，不是吗？"唐古拉说。

"好吧，从现在起，我不再说话，只啊啊叫可以吗？"贺子春笑道。

"当然可以！"

郑阿球艰难地嚼着烤苔藓，感觉嚼烂了，就用力往下咽，可是苔藓像长了小手一般，扒着他的嗓子，死活不肯下去。郑阿球内心绝望——啊，世上居然还有比海菜更难吃的东西！早知道临行时清仔送他海带干，他就该收下。

"不行了，我没有那么多的口水送它下肚。"郑阿球苦着脸，一口苔藓含在嘴里，既不咽，也不吐，他就这么含着问唐古拉，"你说你吃过野草，真厉害，我太佩服你了！你怎么会去吃野草呢？还像羊一样伏在地上吃？"

"肚子太饿嘛，没有站起来的力气。"

"噢，对了，唐古拉，你就不能跟我们说说你过去的事？在大荒学院的时候，你就是个学习机器，都不爱答理人。趁着现在没事，你给大家讲讲你过去的英雄事迹，权当给大家下饭，好不好？"

"我赞同阿球的意见。苔藓太难以下咽了，没有精彩的故事下饭，简直没法吃！"贺子春也说。

"我哪有什么精彩故事，就是一部流浪儿的血泪史！我劝你们不要听，免得听完后悔。"唐古拉笑道。

话虽如此说，唐古拉还是讲起了自己的过去。没有精彩，只有挣扎求生，各种九死一生的艰难——唐古拉记事晚，回忆大约从六岁开始，六岁时他就一个人流浪。他像一个遍身金黄鳞甲的怪物，走到哪儿人们都排斥他，把他当成一个灾星、妖怪。他跟狗抢过食物吃，冬天在羊圈里睡过觉，穿越旷野的时候，实在没有东西下肚，就吃草，吃土。奇怪的是，他吃了好多土，对身体似乎全无影响……

"因为你是属土的麒麟吗？"贺子春问。

"可能是。不过那时候谁知道？人家都以为我这个小怪物命硬，吃土也死不了。"唐古拉笑着，表情之轻松，就像在讲述别人的故事。

"你没被人贩子弄进马戏团，展览卖票？"郑阿球问。

"怎么没有？进去待了三个月，我就逃走了。在马戏团虽然不会再饿肚子，但我看不惯管事的虐待动物，还嘲笑其他身体畸形的演员。我宁愿在外头饿死，也不愿意在那里待着。后来就逃出来了，不过，我还是难过了很久很久，因为没有把那些受苦的动物一起带走……"看唐古拉的表情，他至今未能释怀。

"因为你是仁兽啊。"贺子春说，"后来呢？你是靠什么活过来的？"

"后来我就往乡下逃，往荒凉得没有人烟的地方逃。只要能活下去，我什么都不介意。吃草吃土就不说了，挖草药，捡蘑菇，农忙时给农户帮忙，帮转场的牧民赶羊，还给盗墓贼当过小工……"

"给盗墓贼当小工？太令人吃惊了，你给大家说说，他们怎么盗墓的，你又是怎么给他们当小工的。"郑阿球两眼放光，连声催问。

"就是挖土嘛。我挖得又快又好，还不塌方。有时候盗洞太小，他们还派我下去找东西，因为我个子小……"

"你没偷偷揣几块金子？"郑阿球又打断了唐古拉。

"哪有？我跟他们干了几个月，什么值钱东西都没见着。都是些旧罐子，生绿锈的铜家伙……"

"那是值钱的东西不让你看到！"郑阿球一针见血地说，眼神轻蔑。

"也有可能。不过，盗墓属于犯罪行为，不是好人应该碰的，所以我就离开了他们，找到一个农场种葵花。以后的情况就好了很多，有安定的日子过，干苦活的工友也不嫌弃我。有一个李大爷，对我最好，一直拿我当亲孙子看。唉，我真想念李大爷，不知道离开农场后他怎么样了……"唐古拉神情惆怅，他闭紧了嘴唇，不再说话了。

吃完苔藓，郑阿球又提起贺子春驴叫的话茬："你不是说不再说话，只学驴叫吗？叫吧，正好给大家消消食。"

"我一个人叫？怪不好意思的。"贺子春羞涩地说。

"大家都叫啊。可以举行一场驴叫比赛，我来当裁判，并准备奖品。"苏小蛮撺掇道。

"有奖品，也许可以试试？"

于是苏小蛮一边准备奖品，一边听三个男孩挨次学驴叫。所有参赛队员同时也是评委，等叫完了，大家再互相品评判定。结果，最先嚷嚷只学驴叫不说话的贺子春得分最低，唐古拉得分最高。唐古拉因此得到了苏小蛮颁发的一个野草花环。在颁奖典礼上，每个人都肆意地大笑，巨龟给他们造成的恐惧和压力，不觉便忘光了。

巨龟越来越接近珍珠岛了。小伙伴们都断定，如果它不改变方向的话，肯定会毁掉珍珠岛的。

不过珍珠岛也不是什么好东西，毁掉就毁掉吧。郑阿球想起那夜在海底看到的两团冷光，心里还有着暗暗的期待：早一点儿相遇，早一点儿杀个你死我活，也好让我瞧瞧，那究竟是什么鬼玩意儿。

让小伙伴们感到纳闷的是，那夜吓着郑阿球的"海怪"事件没再出现，巨龟也再没有抬过头。它不需要呼吸吗？不需要捕食吗？如果是这样，那也太不科学了！

他们不知道巨龟活了多少年，也不知道巨龟对活着这件事有多么厌倦，他们只是知道巨龟移动的速度越来越快，快到他们都能看到它四肢搅动海水泛起的细微波涛。

根据巨龟行进的节奏，小伙伴们推断，珍珠小岛保不住了。因为巨龟完全是一往无前，所向披靡的势头。这让大家感到兴奋，当巨龟遭遇珍珠岛时，会发生一些什么事情呢？

近了，越来越近了。那天白天临近结束的时候，大家再次看了看珍珠岛，离巨龟只有不足两百米的距离了。

"夜里不要睡得那么死，至少要睁着一只眼睛睡。"唐古拉说。

"我会枕戈待旦的。"贺子春说。

"我也不愿意错过好戏。"郑阿球说。

"那就好。"唐古拉和伙伴们说定了，所有人，不脱衣服，行李不离身，武器不离手，怀着最高的警惕度过即将到来的夜晚。

郑阿球枕着背包睡着了。他觉得上半夜不会发生什么事情，又不用值夜，索性睡饱，才能有精神欣赏接下来的好戏……

夜半时分，郑阿球被猝然到来的巨大震动惊醒了。他睁开眼，看到原本背靠背围坐的小伙伴们都在，但已滚着散开了。他再看一眼珍珠岛时，珍珠岛已经面目全非了！一个粗长的黑影插入散发着淡淡莹光的小岛正中。

"大家互相拉住，不要松手！"唐古拉大喊。

翡翠小岛的一侧高高耸起，大家像豌豆一样从高处滚落。途中他们想拉住一些藤萝，但失败了，所有的藤萝都被连根拔起，很快，几个小伙伴坠入海水中。

没有月光,四下暗黑一片,海水激烈地动荡翻搅着。幸好唐古拉事先有安排,所有人的防水背包里都充了空气进去,大家紧紧地抱着背包,才没有沉没。

他们在海面上漂泊着,就像一片小小的四叶浮萍。

巨龟在冲杀,动作虽然不算迅速,却沉稳有力。有黑影不断地隆起,沉落,大家瞪大眼睛拼命看着,勉强能认出那是巨龟的头颅和前肢。珍珠岛已经消失了,在那一片海域上,有一道长条形的黑影不停地扭动着。

"砰!"硕大无朋的长尾甩落海中的声音。

"嗡……"让人恐惧的奇怪声音响起。

"咔嚓!"猛烈的撞击声,浅浅的海域仿佛要翻转过来。

"四叶浮萍"在狂浪里不停地钻进钻出——从浪里钻出来的间隙中,有一个声音在激动地叫喊:"还有一个东西!还有一个!"那是在空中拼命扇动翅膀的鸦鸦。

"是不是龙?巨龙?"

狂乱惊恐的呼喊声又被浪涛吞没了。

在海面上翻滚的那个长条巨物,是龙吗?是龙吗?

第十二章
报喜鸟

时间仿佛停止了运转，所有人的思想也停止了活动，只有巨浪不停歇地翻搅着。无波之海，仿佛要倒过来了。

世界末日的场景不知持续了多久，偶然，小伙伴们在漫天飞沫中睁开眼睛，窥见漆黑的天际线上，渗出一线鸡蛋清般的透明光彩。光彩一点点晕染开来，最后晕成了淡淡的晨曦。

浪小了下去，有什么东西在海底不停地扫过来，扫过去，做着垂死的挣扎。小伙伴们能够感觉到，那一条条鞭状的浪涌。

空中越来越明亮了，淡淡的晨曦变成血一般殷红的朝霞，翻腾了半宿的无波之海，终于安静下来了。小小的"四叶浮萍"也停止了漂流。

小伙伴们睁开眼睛，发现他们还在一起，只是每一个人的脸色都变得异常苍白。

"结束了。"唐古拉吐出一口混浊的海水。

"结束啦！结束啦！"鸦鸦在空中扑扇着翅膀，忘情地大叫。

小伙伴们用虚弱的目光扫过海面，只见金红色的无波之海轻轻抖动着，仿佛一匹巨大无比的华丽丝绸。在丝绸的一隅点缀着一粒翡翠纽扣样的东西，正是大战方歇的巨龟。

巨龟一动不动，不知是死了还是活着。

海水里一道道晕红，不是朝霞投在海上的影子，而是血晕。

此刻，灵兽远征军正泡在一片血水里。

"鸦鸦，去看看巨龟有没有死掉。"苏小蛮疲倦地说。她的嗓子全哑了。

"我不敢，主人……"鸦鸦嗫嚅着说。

唐古拉凝神观察巨龟，观察了好久，他说："我们可以过去了。巨龟大概已经死了，至少是快死了。"

几个人压抑着强烈的恐惧和隐隐的兴奋，向巨龟游了过去。

晕红的海水变成沉重的血红色，空气中弥漫的血腥味完全盖过了海水的咸味。小伙伴们看到了漂浮在海面上零星的残肢、巨大的碎肉块和奇怪的大片皮肤。

小伙伴们鼓足勇气靠近巨龟，它一动不动，几个人又爬上龟背。站在高高的龟背上再看，巨龟已死掉了——前方海面上漂着它的头颅，脖子残缺不全，发黑的血液正从伤口里像崩泉一样涌出来，把海水染成了暗红色。

大家背靠背坐着，过了好久，才恢复了一些气力。

"鸦鸦，去告诉小翠，就说巨龟已经死了。"

"好的，主人！"鸦鸦振翅起飞。

浮屋，苗民们正在迎接新一天的到来，家家户户拉开鲛绡门帘，把吵闹的孩子赶出去。

一只黑色的小鸟忽然出现，它沿着游廊飞来飞去地大喊："巨龟死啦！巨龟死啦！小翠姑娘，你们快去看看，曾经害死你们家人的巨龟，它已经死啦！"

无数鲛绡门帘被拉开了，苗民们纷纷走出来，他们看到，不停叫喊的小黑鸟，正是上次"飞仙"带来的乌鸦。

"是真的吗？谁告诉你的？"小翠从屋里冲出来，向鸦鸦扑过去。

"是真的，我亲眼所见。我的主人让我来通知你。"鸦鸦一本正经地说。

"天神开了眼，那个残忍的家伙也有今天！大家伙儿不要出去捕鱼了，去看巨龟的尸首，每个人都扎它几钢叉！"不知从哪个角落传出一声喊，群情激昂的苗民飞了起来，纷纷踏上雪恨的长途。

"是小蛮他们杀死的吗？如果是，我希望他们没有遇到危险。"小翠边飞边自言自语地说。

鸦鸦比苗民大部队先到，它回来时，海水已经变清了许多。透过海水，大家能看到一条黑影在水中半浮半沉，它无比巨大，其长有四五百米。

"它也死了。我们夜里所说的龙。"唐古拉说。

"可惜，没有看到它活着的样子。"贺子春说。

"如果我没猜错的话，我那天夜里看到的两团微光就是它发出来的。"郑阿球说。

"龙会发光吗？"苏小蛮不解地问。

"它有眼睛啊。我看到的两团光，我觉得就是龙的眼睛。"郑阿球说。

不久后，大批的苗民也赶来了。他们盘旋在"翡翠小岛"上空，一圈又一圈。他们在观察，在确认。

"它死了！真的死了！"苗民开始欢呼。

"它死啦！真的死了吗？"有胆大的年轻人不放心，用钢叉去叉巨龟的脖子，它一动也不动。

巨龟真的死了！苗民们落到翡翠色的小岛上，高举钢叉欢呼——翡翠色的小岛，由于血污，现在有一半变成红翡翠色了。

小翠来到苏小蛮面前，问她："是你们把巨龟杀死的吗？"

"不是。"苏小蛮说，"它和一条龙打斗，两败俱伤才死的。大霓怎样了？"

"经过我爸爸的全力救治，他醒过来了，要休养一些日子才能痊愈。你们不必担心，吃过这个亏，他以后不会再逞强了，这对于他来说也是好事。"

"对不起。"苏小蛮不由自主地说。

这时候苗民的首领，一位黄胡子的年老苗民走过来，问几个"飞仙"："是你们把巨龟杀死的？多谢多谢，我们……"

"不是。"唐古拉等人把苏小蛮的话又说了一遍。巨龟去杀龙，龙被杀死，它自己也战死了。

"龙？我们在无波之海生活了这么多年，从来没听说过有龙啊。"黄胡子首领疑惑地说。

"一个大家伙，也许是龙，也许是别的东西。"郑阿球说。

黄胡子首领皱着眉头想了半天，想不出海里有什么大家伙类似龙的。后来他说："鲛人朋友应该知道，海里的事物,没有比他们更了解的了。那谁,去告诉鲛人朋友,让他们也赶过来。"

"我去!我飞得比你们快!"鸦鸦抢着说。

"好吧。"黄胡子首领说。

鸦鸦飞快地往鲛人的礁石飞去。它心里美滋滋的。和惧怕尸体不同,鸦鸦最喜欢传递胜利的消息了。不对,所有好消息都在它喜欢传递之列,因为它喜欢人们听到好消息时的欣喜欢呼。就跟它的祖先一样,乐意看到人们迎接太阳时,那种由衷的欣喜。

"巨龟死啦。还有一个大家伙也死啦。你们快去看看!苗民已经赶去了。"鸦鸦在礁石的上空飞来飞去地大喊。这时候已经有一些鲛人在礁石上晒太阳谈天了,他们问鸦鸦:"飞仙的小鸟儿,你说什么家伙死了?"

"我们还不知道,苗民已经全部赶去了。就是苗民的首领让我来通知你们的!"鸦鸦叽里呱啦地说。

鲛人虽然不明白发生了什么事,但听说苗民已全部赶去,心里都开始着急。新结成的盟友,可不能给他们落下太远。立刻有人跃入海底传递消息,不多时,大批鲛人勇士浮上海面,还有白胡子的酋长大人,还有将来注定会成为酋长的阿曼。

"小黑鸟,带路吧。"酋长大人笑眯眯地说。

鸦鸦美滋滋地贴着海面带路。

鲛人勇士游起来很快，下午时分也赶到了战场。站在龟背上的苗民举起钢叉向盟友示意。

"我们来迟了！"酋长大人窘迫地笑着，他立刻命令鲛人勇士下海查看。几十名鲛人勇士围着那一长条东西，上上下下，研究摸索。后来，有一名勇士浮上来，凑近酋长大人说："酋长大人，我觉得那东西可能是传说中的大海蛇。但是我生得晚，从来没见过大海蛇……"

"什么？大海蛇？"酋长大人的眯缝眼顿时瞪圆了，他马上亲自潜到海里去察看。

不多时，酋长大人又浮了上来，神情凝重。

"是大海蛇！不错，是折腾了我们许多世代的大海蛇！"

阿曼怔怔地看着酋长大人，一脸的难以置信。

"您是说，我们鲛人和苗民的仇敌，在同一天死了？"

"是的，它们是一起战死的！"

和苗民的欢呼雀跃不同，鲛人很久都没有出声。大海蛇残害了他们太多年，就算它今天死了，他们也无法释怀。

"大海蛇死了，睡在我们鲛人的眼泪里。"酋长大人喃喃地说。而正是那些眼泪，让酋长确定，死掉的就是大海蛇。

有鲛人把四散的珍珠又堆叠起来，勉强堆成一个珠滩。酋长大人请苗民和"飞仙"站在珠滩上，并告诉他们说："你们脚下踩着的，是我们鲛人世世代代的眼泪。"

"那不是珍珠吗？"郑阿球疑惑地问。

"我们鲛人的眼泪凝结后，就成了珍珠。你们没听过鲛人泣珠的传说吗？"酋长大人反问。

"啊，我忘记了！"郑阿球不好意思地低下头。

第十三章
大海蛇，夜明珠

酋长大人说，大海蛇在无波之海已经存在了上千年。因为年纪太大，它很少能掀起什么风浪了。但是大海蛇喜欢欺负鲛人，更喜欢鲛人泪水所凝成的珍珠，于是隔三岔五，它便会到鲛人的部落凌虐一番，并把鲛人流落的泪珠吸入口中带走。

有几百年，鲛人部落就是在大海蛇的不断骚扰中过来的，至于他们因此流过多少眼泪，则完全无法计数。

鲛人想过反抗，但是没有合适的兵器，不是大海蛇的对手——就算有，也大约不是它的对手，和大海蛇比起来，鲛人毕竟太弱小。

就当大家以为痛苦会无穷无尽时，有一天，大海蛇忽然消失了。最近几十年，它都没有出现过，大家都猜测，它可能死了，寿终正寝于海底。可是谁又能想到，它在这方浅海，守着半生收集到的鲛人泪珠，做一个岛主呢？

这时候，郑阿球恍然大悟。吞吐珍珠可能是大海蛇最大的喜好，它不时把珍珠岛吸塌，再重新堆叠起来。那夜他们遇险，就是刚好赶上大海蛇重新堆岛。而郑阿球在海底看到的两团冷光，正是大海蛇的一双老眼。

"感谢飞仙……"酋长大人不停地喃喃着。

"不是我们杀死的，是苗民的仇家巨龟杀死的。"郑阿球说。

酋长大人望了望苗民的黄胡子首领，两个人都不禁发出了会心的微笑。真奇妙，他们两大部族的仇家相遇了，然后交战，最后双双战死了，这简直是故意安排也安排不来的好事啊。

"我觉得他们要把账算到我们头上。"郑阿球心头涌起一股很"祥"的预感。果然，酋长大人和黄胡子都转过头来，满脸钦敬感激地说："应该是飞仙的降临才给我们带来如此好运。飞仙，请接受我们两族的拜谢吧。"

一堆鲛人和苗民低头拜谢，唐古拉等人扶都扶不及。他们只好干巴巴地说："好吧，既然你们这样认为……"

"请飞仙下去采大海蛇的眼睛吧。"酋长大人转向郑阿球说。

"它的眼睛有什么用处吗？"郑阿球问。他猜测，没准儿鲛人会认为那是可以让人起死回生的妙药？

"千年大海蛇，它的眼睛是一等一的夜明珠，你去采来，以后可以在黑暗中使用。"酋长大人道出其中的玄机。

哦，原来如此，郑阿球喜欢夜明珠，那家伙能值不少钱呢。而且他还从来没有见过真正的夜明珠，就算瞧个稀奇也好。虽然对挖眼珠这活儿有着天生的抵触，郑阿球还是潜到海底去了。

大海蛇既然死了，郑阿球就有胆子把它看个仔细。血水已经散去，浮沙也已沉底，郑阿球看到大海蛇的尸体静静地躺在一海床的珍珠中，从头到尾大约有五百米长，仿佛一段巍峨的长城。

外形嘛，大体来说是鳗鱼的样子，或者是海蛇的样子，虽然身体已经残缺不全。大海蛇嘴巴横阔足有两米，嘴角有两根长长的肉质胡须。两个大眼珠子有灯笼那么大，还在发出冷光，仿佛死也不肯闭目。

郑阿球鼓足勇气游过去，用小刀挖大海蛇的眼珠子。那夜就是这东西把他吓得不轻，现在还圆圆地瞪着，简直骇死人。郑阿球一边挖一边在心里祷告说："你活了一千年，可能早就活腻了，对不对？要不也是老年病丛生，冠心病、气管炎、肺气肿什么的。死了也好……你的眼睛反正没什么用，就让我拿去吧。嗯，就算我不拿，也会有别人来拿……"

郑阿球神神道道地在心里咕哝了半响，把大海蛇的两只眼睛都挖下来了。他把两只眼珠都带着，浮出了海面。

"酋长，你确定这就是夜明珠？"郑阿球高高地托着手上的东西。大海蛇的每一只眼珠都有小西瓜那么大，他一手托一个，还有点吃力。

仔细审视了一番后，酋长大人说："对，就是这个。"

郑阿球再也掩饰不住脸上的狂喜。好家伙，这么大的夜明珠，在人间界的拍卖行能拍出多少钱？他郑阿球真的要发财了吗？

"这个，真的归我了吗？"郑阿球扭扭捏捏地问。

"当然啰！"酋长大人朗声大笑道。

刚才酋长大人正在和众人讲述巨龟的来历，于是他继续刚才的话题："……我从来没有见过，只是听到传说，有一只巨龟游弋在无波之海，寿命已达八百多岁。从那时候到现在，我满两百岁了，它也应该有一千岁了吧。千年龟，老得不成样子，估计也活够了，能有今天的一死，对于它来说也是福分。"

郑阿球把目光投向巨龟，它的眼睛是不是也能做夜明珠呢？如果能，他要发愁了，怎么背着四个"小西瓜"上路？它们可都是很沉重的。

"它的眼睛瞎了，看不见路，所以才乱走乱咬一气。"酋长大人又说。

那么说，没有夜明珠了？郑阿球失望了一会儿，又高兴起来：不用背那么沉重的包了，也不错。

黄胡子首领说："巨龟的腹甲和背甲都非常大，我要等它腐烂了，把两片甲弄回去，在上头给族人盖房子。"

"飞仙"们眼前立刻出现一幅画面：茫无涯际的大海上，浮着两片龟甲，上头修筑着许多小屋，天落雨，微凹的龟甲里积了水，小屋慢慢浮了起来。龟甲带着浮屋，随波漂去，直到时间和空间的尽头。想来也挺美好……

"请飞仙和苗民朋友去我们那里，咱们开一个庆祝的宴会吧。这事儿就由我来操办。"阿曼跟酋长大人和黄胡子首领说道，又跟唐古拉点头致意。

"这……也好。"黄胡子首领迟疑了片刻，答应下来。

唐古拉说："我们不去参加宴会，大家的好意我们心领了。现在，我们只想到陆地去，越快越好。"虽然再次和阿曼见面让他感到高兴，但是，他们真的应该走了——这耽误了多少天！

黄胡子首领和酋长大人交换了一下眼神，都知道"飞仙"最迫切的愿望是去陆地，他们不能为了庆祝自家仇敌的死，就耽误人家的行程。

"好吧，我让苗民勇士送你们去陆地。已经很近了，只剩下不到半天的路程。"黄胡子首领说。

苏小蛮收拾好背包，准备和苗民勇士上路，飞在高空中的鸦鸦忽然叫起来："主人！西方有一些船正在朝这儿驶过来。"

"什么，船？"小伙伴们都惊呼起来。灵兽远征军自从来到大荒界，连船只的影子都没见过，既然有船航行而来，那就说明他们现在离陆地真的很近，而且能够操控船只的生命，一定和鲛人与苗民有所不同，他们应该更像"人"。

苗民勇士在黄胡子首领的示意下，飞起来察看。果然，他们看到好几艘船，船上都挂着白帆，每一面帆都张满了，正在向这边疾驶过来。

苗民勇士飞下来，把情况报告给黄胡子首领，黄胡子首领眉头皱起，说："只怕又是那些黑皮肤的野人，我不想看到他们，也不想被他们看到。"

黄胡子首领想了想，跟苏小蛮说："飞仙，这趟我们就不送了。你们可以搭乘这些船走。放心，他们对飞仙不会构成威胁，只怕还相反。那些家伙，都是神神道道的。"

苏小蛮说："也好。"既然人家为难，她也不愿意勉强。有船搭乘，一样可以去陆地。

"和盟友兄弟一样，我们也不想看到他们，更不想被他们看到。飞仙，我们也要回去啦。"一脸春风的酋长大人跟郑阿球说。在"飞仙"中，酋长大人感觉跟郑阿球最熟——只有他能潜到海下的部落里并跟鲛人在一起。

"好，你们回去吧。"郑阿球很有气度地挥挥手道。

于是又上演了一出情景剧：依依惜别，兄弟情深，感人肺腑……小翠也跟苏小蛮说："不管走到哪儿，苏小蛮，你都要记住我的名字。我也会记住你的。有一天，我要去你们的人间界看一看。"

"好的。"苏小蛮回答，但是她不敢想象小翠在人间界的情景，那么大的羽毛翅膀，人们看到她等于看到怪物，他们会善待她吗？

小翠和族人一起飞走了，还带走了郑阿球对大霓的致意：对不起；请原谅；祝你早日康复。

鲛人和苗民走后，小伙伴们站在龟背上，等待那些船只过来。

船只越来越近，已经可以看到船上的光景了，只见操船的都是些赤裸上身的汉子，他们头顶上戴着斗笠之类的东西。这些来自陆地的居民，单从外形来看，的确很像人间界的居民。

看来，在无波之海的荒诞危险之旅，终于结束了。

但是，鲛人和苗民为什么不愿意看到他们，还叫他们黑皮肤的野人呢？这其中有什么古怪的缘由吗？刚才应该问清楚的，可惜，由于太过仓促和忙乱，大家都没有想起来问。

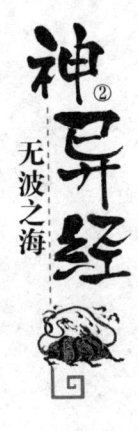

第十四章
张宏国民

帆船在快要接近巨龟时，缓缓停住了。船上的人非常惊讶地打量着站在巨龟背上的四个小孩。

每艘船上都有三五名汉子，他们全部头戴斗笠，赤裸上身，下身穿着肥大的粗布七分裤。而且所有人都晒得一样黝黑。

汉子们手搭凉棚，张望个不停，表情看起来既困惑又疑惧。

"喂，巨龟死了吗？"离得最近的船上，一个站在船头的精壮汉子脸冲四个小孩，大声问道。

"死了！"小伙伴们齐声说。

"嘿嘿，果然死了！"精壮汉子回头跟自己的伙伴笑道，笑罢又回过头来问，"那大海蛇死了没有？"

"也死了！"小伙伴们答道。他们都感到惊异，这些住在陆地上的居民，对海里的事情居然门儿清，连大海蛇都知道！

"要是这样，那就太好了！对了，大海蛇的尸体在哪里？"

小伙伴们朝大海蛇安息的海域一指。黑皮肤的汉子们立刻把船往那边靠过去，船到了大海蛇安息的海域之上，他们还不敢确定，又是派眼神好的家伙努力朝海水里张望，又是派水性好的同伴下海实地勘察。勘察了一番后，从海水里冒出来的家伙大声宣布："大海蛇也死了，死得透透的，连眼珠都让人挖去啦。"

"天可怜见，两大害虫同一天死了！我们张宏国民，再也不用提心吊胆地过日子啦！"黑皮肤的汉子们当时就在船上跳舞庆祝起来。他们手臂频频挥舞，脚步扭曲古怪，嘴里还喃喃唱念着怪腔怪调的歌谣。小伙伴们看了一会儿，又互相交换了一下眼神，发觉大家的意思都一样：这些人庆祝时的歌舞，怎么那么像跳大神呢？

黑皮肤的汉子们跳了十来分钟，忽然收住，几个人来到船头，用崇敬的目光看着四个小孩，郑重地说道："一定是上仙降下神威，才让两大害虫同一天毙命。现在，有请上仙们接受我等小民的跪拜吧。"

话没说完，一帮精壮汉子呼啦啦全部跪倒，连半个站着的都没有。这可把小伙伴们吓坏了：刚刚脱去"飞仙"的身份不到几分钟，又成了"上仙"，这可如何是好？大荒界的居民，都是这么迷信并且迷信到错误方向去的吗？

"快快请起！我们不是什么上仙！"几个孩子急忙说。

"各位上仙就不要隐瞒了！我们早就知道你们会这么说。"精壮的汉子们个个面露得意之色，"我们部族里的大祭司早就预言过今天之事，他说会有数百年不遇的风浪在海上生成，有上仙乘风浪而来，带着福寿吉祥降与我族。他还说上仙一定会拒绝承认自己的上仙身份，你看看？果然不错！他还叮嘱我们，一定要顺服上仙的意志……"

"那他有没有预言过，我们想要搭乘你们的船只离开大海呢？"郑阿球腹黑地插了一嘴。

"当然预言到啦。所以我们才带了一艘上好的香木船来。现在，有请上仙登船！"

话音刚落，一艘精致的小木船从船队中缓缓移出来，打眼一看，就能看出小船被精心收拾过了，船舱里面铺设得洁净又舒适。

小伙伴们情不自禁地抹了一把冷汗：那位大祭司如此厉害，他究竟是什么人呢？或者，他是不是人呢？

驾船的汉子恭请"上仙"上船。"上仙"们略一踌躇，就上去了。

黑皮肤的汉子们个个面露喜色，立刻转帆踏上归程。船轻帆满，驶得飞快，不多时就把巨龟和大海蛇的尸体远远抛到后头去了。

到了船上，小伙伴们都觉得心里踏实多了。这些人虽然如苗民和鲛人所说，一个个神神道道的，但对他们倒是没有半分恶意，还打算把他们当成"上仙"供着。真不错！

"你们是张宏国民？"唐古拉问一个弄帆的汉子。

"是啊。上仙是无所不知的，自然清楚我们张宏国民，是个个向善，安分守己的良民！"

小伙伴们都点头。《山海经》中有记载："有人曰张宏，在海上捕鱼。海中有张宏之国，食鱼，使四鸟。"眼下，他们所结交的，正是张宏国的居民。

"你们祖上叫张宏，在海上以捕鱼为生，对不对？"郑阿球满眼狡黠，跟那汉子说道。

"对极！对极！上仙只消掐指一算，前八百年后八百年，必是知道得一清二楚！"汉子很高兴，看起来很以祖上的名字被"上仙"所知为荣，他又补充说道，"当初，我们先祖张宏一个人来到这方海域，以捕鱼为生，后来娶妻生子，一代代繁衍下来，就有了现在的张宏国。"

"你们原来不是住在海上吗？还有四种海鸟供你们驱使？"郑阿球向伙伴们使个眼色。

"上仙英明，果然是前知八百年后知八百年！我们张宏国民在古时候，的确住在海上，后来人口繁衍得越来越多，小小的岛屿渐渐容不下，再加上有大海蛇作怪，就搬到海滨居住了。四鸟也跟我们来到海滨，只可惜这么多年下来，已经多半不堪驱使。"

小伙伴们又交换了一番眼色——看来在大荒界，也是沧海桑田啊。

海风轻扬，船行如飞。其他船上的汉子们一边忙着使桨弄帆，一边不停地朝"上仙"所乘的香木船上张望，看得出来，他们很羡慕操弄香木船的水手，能跟"上仙"在一起聊天。而操弄香木船的四名水手，则是个个面露得意之色。

船行到下午，已能望见海岸了，"上仙"们从船上观望，只见岸上一片烟霭苍茫，还有连绵起伏的山丘。

啊，终于要踏上大荒界的陆地了，不知在那重重烟霭之后，隐藏着什么样的人，或什么样的物呢？

"你们在陆地上的日子太平吗？"唐古拉问水手。

"不太平，所以我们才窝在一个小小的岬角上啊。"水手用手一指，示意"上仙"去看，"就那里，一个伸到海中的岬角，就是我们的国土，我们多年居住在那里，轻易不敢往山的那边去——不过，在我们自己的地盘上，倒是太平的。"

"山那边有什么妖魔鬼怪吗？"唐古拉问。

"听说有妖兽横行！至于究竟是什么妖魔鬼怪，从来没人去过，也没人知道。"

小伙伴们望着远方的苍苍烟霭，都不知不觉陷入了沉思之中。

傍晚时分，船只抵达了张宏国民世代居住的岬角。

小伙伴们眺望过去，只见那是一个半岛，地势倒还平坦，上头有树有田，房屋鳞次栉比，挨挨挤挤，让人一眼望之，顿生"密集恐惧"之感。

船刚靠到码头，岸上就有妇孺迎上来。

"巨龟死了！大海蛇死了！我们还迎来了上仙！四位上仙！"船上的汉子迫不及待地向妇孺们报告。

"啊！巨龟死啦！大海蛇死啦！上仙来啦！"妇孺们手舞足蹈地欢呼起来。

"上仙"们被众多张宏国民围随上岸，他们一路歌舞欢呼。这欢迎仪式如此盛大，让小伙伴们都有点不习惯。

一支闹哄哄的队伍穿过街巷。小伙伴们边走边打量。眼前的房屋都十分矮小，墙壁是贝壳垒成的，屋顶盖着巨大的贝壳和龟甲片。所有的房屋都已陈旧，上头苍苔滋生，野草摇曳。很明显，这个国民经济全靠渔业支撑的小国，没有发展出任何自己的手工业，一切民生就地取材，不仅仅靠海吃海，还住海。

张宏国民围随着"上仙"们，把他们引到一处贝壳小屋，这所小屋偏居村子一隅，附近没有房屋，孤零零的，看不到任何烟火气。

"大祭司！上仙被我们迎来啦。"离贝壳小屋还远，就有张宏国民大声喊道。

喊声方落，从贝壳小屋低矮的门洞里，躬身钻出一位老人。他满头长长的白发用铁圈束住，腰系鱼皮裙，瘦小枯干得就像老年版的孙悟空。

"恭迎上仙驾临张宏国。"大祭司伏倒在地，用苍老颤抖的声音说。

这么一个老年版的孙悟空，在小伙伴们看来，简直就是一个老怪物。但他是深得张宏国人民爱戴的大祭司，而且，这个国家很可能是政祭合一的。要是这样，这个老年版的孙悟空，就相当于张宏国的国家元首。只是，这位国家元首，却如此神神道道，怎么不让小伙伴们倍感压力！

"大祭司请起！"唐古拉忙说。

"大祭司赶紧起来说话！"其他三个"上仙"也说。

大祭司从从容容地站起身来。小伙伴们这才得以看到他的脸。大祭司的脸尤其黑瘦苍老,都有点儿像药店里卖的乌梅了。在他那张乌梅色的脸上,一双眼睛低垂着,喜怒不露,因此越发显得神秘。

"昨夜,老朽通过观察烧烤过的海龟背甲,又闻嗅海风带来的气味,知道有百年不遇的大事在海上发生:有上仙从其他天界来,他们驾临时卷起的星尘,将会杀死两个横行无波之海千百年的大魔头。这对我们国小民寡的张宏国来说,真是万年难遇的喜事……"大祭司神情庄重,娓娓道来。

小伙伴们苦笑着:什么功劳都硬往他们身上安!不过,这似乎也不坏。

"从今往后,"大祭司忽然提高了声音,"我们张宏国民去海上打鱼,不必再冒生命危险了,这全倚仗众位上仙的恩赐!天知道,因为两大魔头盘踞无波之海,我们多少年没有好好地打过鱼了,只靠在近海边摸些小鱼小虾充饥,大家过了多少年苦日子!"

"是啊是啊!巨龟和大海蛇死了,我要去海里捞些大蚌壳,把我的屋子好好修一修!"

"孩子们也该吃点好的!"

众国民纷纷附和着。

"放心,我丈量过星星的方位,今后我们张宏国民,都有好日子过。"大祭司用特别肯定的语气说,"今天,天色将晚,孩子们,你们还不快去张罗款待众位上仙?"

"已经让妇女们准备着了!"人群里有人高声回道。这时候有人上前引领"上仙":"各位上仙,请到这边来休息用膳吧。"

"上仙"们木木地掉转身子,跟着众国民走了。大祭司目送队伍走远,又钻回他的贝壳小屋中。

恭敬的人群簇拥着"上仙"们来到又一个贝壳小屋。贝壳小屋虽然小,但接连着好几间,看得出是国中的公共场所。早有妇女们把屋内打扫干净,待"上仙"们在干草充填的坐垫上坐定后,立刻有人抬上巨大的玳瑁壳,接着就下雨一般往玳瑁壳上摆食物:一碗碗虾丸熬青菜、干煎小鱼、鱼皮酥肉卷、鸡蛋糕、腌鸡腿、水果丁、清蒸野菜泥……

看着眼前的饭菜,闻着诱人的香气,小伙伴们不由得热泪盈眶。多少天没吃过烟火之食啦?瞧瞧眼前这一堆吧!不是海菜,不是生虾,也不是烤鱼片,更不是烤苔藓,就是些家常菜,普通人类吃的饭食,(也许是略微挑剔了些,毕竟张宏国是个贫困小国,不是吗?)在他们眼里却是无上的珍馐!

"谢谢!谢谢!我们可以吃了吗?"小伙伴们口水流下三尺长,瞪着四双喷射着饥饿之火的眼睛,问侍候在身旁的张宏国民。

"当然可以吃了,还请上仙们不要嫌弃哟!"

"怎么会嫌弃呢?瞎说!""上仙"们热泪横流,立刻开动起来。不管三七二十一,捞到什么都拼命往嘴里塞……

第十五章
堕落的四鸟

那天晚上,小伙伴们都吃得很幸福很幸福,每个人都把肚子吃得好饱好饱。

鱼油灯点起来了,照耀着洁白的大玳瑁壳,壳上早已是杯盘狼藉。

"众位上仙,现在要休息吗?我们已经准备好了床铺。"围绕在"上仙"身边的侍者殷勤问道。

"呃,那就休息?"数日以来,小伙伴们身心俱疲,现在肚中装满了好饭好菜,正好休息。

"哦,那请跟我们来。"侍者挑着蚌壳鱼油灯在前头带路,领"上仙"出门。出得门来,小伙伴们才见天色早已黑透,除了他们所在的地方,整个张宏国黑灯瞎火,鸟雀不动。

"我们习惯了日出而作，日入而息。"侍者说。

没走几步路，就到了"客房"。客房里点着的鱼油灯，照着铺设得整整齐齐的床铺——干草堆上铺着粗布床单。条件虽然简陋了点，但是跟珍珠岛和巨龟比起来，也相当于五星级宾馆了。小伙伴们还有什么好说的？

"谢谢！谢谢！"小伙伴们由衷地向侍者表示感谢。

"上仙客气了。"几个被委以侍者重任的国民似乎都挺机灵。

苏小蛮有单独的一间贝壳小屋，一位妇女带她过去。随后，服侍男"上仙"的几个侍者也告退了，屋里就剩下了唐古拉、贺子春和郑阿球。唐古拉和贺子春同时向后一仰，倒在干草床上。

"啊！今天活得总算有点人样。"贺子春感叹道。

"就你娇气！"郑阿球笑嘻嘻地说。他似乎还很有精神，并不急着睡觉，而是打开背包，托出两个"小西瓜"。

"小西瓜"一托出来，屋中的鱼油灯立刻黯然失色。唐古拉和贺子春也从干草床上爬了起来。

大海蛇的这双眼睛，真是明亮啊！郑阿球一手托一个，洁白的光芒将他脸上的汗毛都照得清清楚楚。光线洒满小屋的角角落落，就像两只几十瓦的灯泡，将小屋照得通明透亮。

郑阿球走去把鱼油灯吹灭了，但屋子里还是很亮，比刚才不减分毫。

"真不错！"唐古拉和贺子春由衷赞叹。

"当然！"郑阿球脸上尽是得意之色。

这时候苏小蛮走进来了。看到郑阿球一手一个夜明珠，也说："没想到会这么亮，以后走夜路，不用手电和灯笼了。"

"给你一个！"郑阿球把右手的夜明珠递到苏小蛮手中。

"送我啦？怎么可能？这是很贵重的，在人间界能卖好多钱呢。"苏小蛮审视着手中的夜明珠说。

"就是送给你的，因为你是女孩嘛。"郑阿球认真地说。他又觍着脸儿，跟唐古拉和贺子春说："你们俩没份儿！不要嫉妒哟。反正我们三个总在一起，我有夜明珠你们都沾光。"

"我们不会嫉妒的！"唐古拉和贺子春齐声说。

不过，两个人还是感到纳闷：郑阿球这个天字第一号财迷，慷慨地送出一颗夜明珠，这明显不是他的作风啊。

"等以后完成任务，回到人间界，我就把夜明珠卖了，也当个亿万富翁。"郑阿球审视着他手上的夜明珠，脸上又露出了大家都很熟悉的表情，就是那种贪婪中带着小家子气的狂喜的表情。

"那时候我会还给你的。"苏小蛮说。

"不要啦！"郑阿球小手一挥，"说送你就是送你的，什么时候我都不会再要。我和小露姐姐，有一颗夜明珠够花了！"

看着郑阿球如此视钱财如粪土，苏小蛮很受感动。唐古拉和贺子春也被"感动"了，他们低声耳语："他可能是前几天受到惊吓没恢复，脑子还不好使呢……"结果又被郑阿球听到，换来他几个犀利的白眼。

和小伙伴们说了一会儿话，苏小蛮带着夜明珠回房去了。郑阿球也把他的夜明珠小心收起。五分钟后，黑暗的小屋里响起三串均匀绵长的鼾声。

第二天清晨，三个男孩是被鸡叫吵醒的。他们睁开眼睛，只见屋内晨光明亮，几个侍者捧着水盆悄然站立在边厢。

"各位上仙，请洗脸！"看到"上仙"们醒来，几个侍者毕恭毕敬地走上前。

"哦。谢谢。"小伙伴们爬起来，乖乖地洗了脸。不过他们心里是不舒服的——像这样被人侍候真难受！看来古代的皇帝也不好当啊。

洗完脸，等侍者们出去泼水的时候，三个小"上仙"缓步踱着来到屋外。

苏小蛮似乎和鸦鸦散步刚回来，她手上还拿着几朵纤弱的小花。

"早！"

"早！"

道过"早"之后，四个小"上仙"一起，顺着屋宇间的小巷寻幽览胜——昨天到得太晚，又乱糟糟的，他们都没能好好把张宏国瞧一瞧。

说是张宏国，据小伙伴们看来，应该叫张宏村才对。起起伏伏的贝壳小屋一眼望不到头，虽然村庄很大，也实在当不起一个"国"字。

不过，在远古时候，似乎许多国家都很小。这么一想，他们也就释然了。

行不多久，大家来到一棵枯树旁，枯树上站着满满一树肥大的鸡，公鸡打鸣，母鸡梳理羽毛——难怪早晨那么吵！

"你们这里很多鸡啊。"郑阿球慨然道，同时他的脑袋里浮现出早餐：不知有没有鸡蛋吃呢？

"这是海鸡，我们祖先曾经驱使的四鸟之一。"一直专司跟班职责的侍者殷勤地介绍道。

"什么？"小伙伴们都十分惊异，他们赶紧擦亮眼睛，下死劲把树上的鸡打量了一阵子，没错，就是普通的家鸡。在张宏国民嘴里怎么成了海鸡呢？还是他们祖先曾经驱使过的四鸟之一！这也太可笑了。这些肥肥大大的家伙，怎么驱使嘛！

机灵的侍者看出了"上仙"们的疑问。他们笑着说："这些东西早就堕落了，除了海鸬鹚，全都不堪驱使！不过是当家禽养着罢了。"

小伙伴们恍惚想起，昨天晚上也听到类似的说法——看来是真的！

这时候迎面踱过来一群肥大的鸭子，还有几只挺胸凸肚的肥鹅。侍者们指着鸭鹅又说："各位上仙请看，那是海鸭，这是海鹅，当年我们祖先驱使的就是这些家伙。只是它们后来太贪吃，就变成了这个样子。"

小伙伴们看着地上呷呷乱叫、蹒跚来去的鸭鹅，顿时感觉一团黑雾自天灵盖上腾空而起——什么海鸭海鹅，看起来跟人间界的家鸭家鹅一样啊！老祖宗们要是知道张宏国民驱使的是这样的四鸟，他们准会笑掉大牙。

机灵的侍者又看出了"上仙"们的心思，他们指着不远处一艘破船上的一堆黑鸟说："那边是海鸬鹚，现在还顶大用处呢，下海捕鱼捕虾，都少不了它们。"

小伙伴们都没看过人间界的鸬鹚，不知道和张宏国的海鸪鹚是不是一样。他们仔细望过去，见那些海鸪鹚形似人间界的仙鹤，只是比仙鹤小一些，而且通体羽毛漆黑，一个个形体枯瘦，仿佛铁铸的一般。

至少枯瘦的海鸪鹚还能干活，那些肥大的海鸡、海鸭、海鹅，就别提了吧！

正在小伙伴们为当年声名赫赫的四鸟叹息的时候，有人来请"上仙"去吃饭了。于是大家原路返回，去公屋享用了一顿丰盛的早餐。

早餐完毕后，四个小"上仙"继续溜达。

在"上仙"们溜达的时候，不时有老幼妇孺的脑袋从看上去几乎一模一样的贝壳小屋里探出来，用尊敬又肃穆的目光打量着"上仙"们。

"上仙"们溜达了大半个上午，看了无数几乎无差的贝壳小屋，都有点视觉疲劳了。唐古拉遂提议："让鸦鸦去吧，看看张宏国到底有多大，以及那些连绵的山丘之后都有什么。"

苏小蛮让鸦鸦去完成这个任务，鸦鸦乖乖地起飞了。过了大约半个小时后，它飞了回来。

"这个国家很小很小，那边不远处就没有贝壳小屋了，都是陡峭的山岭。山岭那边很荒凉，一个人影子都没有，什么都没有！"

"什么都没有？"苏小蛮怀疑地问。

"嗯！"鸦鸦非常肯定地点头。

小伙伴们都陷入了沉思：大荒界究竟有多大？他们是不是还没真正地进入呢？山岭那边为什么那么荒凉？那里会有凶兽吗？他们又会怎样与凶兽狭路相逢？更重要的是，混沌在那里吗？

第十六章
苏小蛮的刀断了

"去问问当地人吧。"唐古拉说。

大祭司的贝壳小屋，门扉紧闭，几个小"上仙"不愿意上前叩门。他们转了一圈，找到昨天从无波之海把他们接回来的国民，就是站在船头同巨龟背上的他们喊话的那一位。他正在村子中间的空地上，跟一群男子给翻成底朝天的船只涂油。

"请问，该怎么称呼你呢？"唐古拉礼貌地问。

"我叫阿普。上仙，我们要到远海捕鱼去啦。这么多年都没有去过远海，可要好好地把船修一修！"阿普一脸喜色地说道。

其他男子毕恭毕敬地看着阿普和"上仙"们说话。

"哦，我想跟你打听一下山那边的情况。"唐古拉说。

"山那边？"在场的张宏国民全部变了脸色。阿普说："上仙！难道你们要到山的那边去？不可以哟。山那边非常凶险……"

"那么，有人去过山那边吗？"唐古拉问。

"没有！没有！"阿普的脑袋摇得像拨浪鼓一样。

"没有人去过为什么要怕成这样！"郑阿球哂笑。

"谁敢去啊。单是那座积雷山，就能要了所有鸟兽的性命！"阿普一脸惊恐地说。

"积雷山？""上仙"们不知不觉地齐声问。

"是啊。"在场有张宏国民替阿普答道，"若要去山那边的大荒野，必须经过积雷山。那山上一年到头响着霹雳大雷，不管鸟兽虫鱼，震着就死，沾着就亡！"

"上仙"们互相望了望，都在伙伴的眼中看出郁闷来：他们都没带避雷针，怎么过积雷山啊？

"上仙！诚心诚意劝你们几句，在我们张宏国玩些日子就回去吧，山那边的荒野是不好去的！要是好去，我们张宏国民能甘心数百年蜗居在这一个小山岬？"阿普说话的态度特别诚恳。

"上仙"们都明白，阿普的话也许有些道理，山的那边，可能真是一片漫无涯际的凶险之地。

他们当然不会就此裹足不前，但是究竟怎样才能安全地通过积雷山前去大荒野，则要仔细地想一想，不能盲目送死。

唉，灵兽的任务，也不是好完成的。

因为胸中郁闷不舒，从阿普那里回到公屋后，四个小"上仙"聚在一起，吹笛弹琴，纾缓郁闷。

不一会儿，就有张宏国民循着乐声前来。他们聚集在公屋之外，悄悄地欣赏"仙乐"。

不知混沌在没在张宏国，如果在，并且被音乐吸引而现身的话，大家该怎样对付他呢？

苏小蛮忽然放下笛子，说："我要去磨一磨刀！我的大砍刀在海上烤鱼烤苔藓，变得一点儿都不锋利了！"武器不锋利，怎么能杀死敌人呢？所以，苏小蛮想马上去磨刀。

苏小蛮来到屋外，请求一个张宏国妇女给她找一块磨刀石来。这名妇女很以能帮助"上仙"为荣，马上飞跑着把磨刀石找来了，苏小蛮把自己的大砍刀架了上去，霍霍地磨了起来。

正磨着，阿普来了。他本意是来欣赏"上仙"们的"仙乐"的，看到苏小蛮在屋外磨刀，并且手法拙劣，一时技痒起来。

"上仙看起来不大会磨刀哟。不如您吹笛子给我听，我来帮您磨刀。"阿普向苏小蛮建议道。

"阿普是我们国家最会磨刀的人，他磨出来的刀，能切削石头！"一名看热闹的妇女说。

听到他们这么说，苏小蛮就把大砍刀交给了阿普。

阿普磨刀，苏小蛮在旁边吹奏紫铜长笛给他听。

苏小蛮的笛音非常优美，又是专门吹给阿普听的。阿普不一会儿就飘飘然起来，他磨刀的双手，越发用力起来，"吭哟！""吭哟！"……

阿普正陶醉地听着笛子，磨着刀，冷不防，优美的笛音中忽然插入一个不和谐的音："啪！"阿普低头一看，磨刀石上，那把"上仙"的大砍刀已然断成了两截。

"刀断了！"阿普的一张黑脸吓成了紫红色。他居然把"上仙"的刀弄断了，简直是滔天大祸啊！他该怎样做才能把刀恢复原样？不，不能，哪怕是神仙也不能把刀恢复原样……

看着断了的刀，苏小蛮也很难过：这下子，她连一把钝刀也没有了，如何与混沌对阵呢？

旁观的男女老幼也都瞠目结舌。阿普把"上仙"的刀弄断了，这下子完了！他们同情地看着阿普，看得他眼泪几乎要冒出来。

"上仙，我不是有意的。"阿普万分难过地跟苏小蛮说，"可能是您的刀太差了，铁不好。您瞧我的，怎么磨都不会断啊，还削石如泥！"

阿普从腰间抽出一把小小的刀，它不比一把螺丝刀大。阿普用它往旁边石头上一削，石头应声裂成两半。

苏小蛮大吃一惊：世间，居然有如此锋利的刀！

苏小蛮还没惊讶完，大祭司推开人群走了进来。

"今天早上，我通过观察烧烤过的海龟背甲，又倾听风从贝壳上吹过的声音，得知阿普今天会惹出祸事：他将把上仙的刀弄断——阿普，你碰过上仙的刀没有？"

"已经弄断了！"阿普难过地大哭起来。

"唉，那是刀的命，无法避免，它注定要坏在你阿普手里。现在，你去积雷山寻找材料，赔上仙一把新的刀吧。"

"什么？我要去积雷山？"阿普骇然瞪视着大祭司，眼泪流到嘴里都没觉察到。

"是的，你必须去积雷山，去找到能给上仙打出一把新刀的材料。"大祭司肃然说道。

这下子，轮到苏小蛮瞠目结舌了。她的刀断了，和积雷山有什么关系呢？

唐古拉、贺子春和郑阿球，本来也在旁边看阿普磨刀，刀断掉，他们只是吃了一惊，但是后面发生的一连串事情才让他们真正感到震惊：这位神神道道的大祭司，他真能通过观察烧烤过的海龟背甲，倾听各种各样的风声，来预测尚未发生的事情吗？如果是这样，那也太可怕了！不，不是如果，这位神奇的大祭司，已经能说出精准的预言，预测出那些尚未发生的事了。

但是，积雷山，那片死亡之地，和刀断了有什么关系？还有，阿普为什么哭得那么伤心？他的神情为什么那么惊恐？就像要他去送死一般？"上仙"们思来想去，心头疑云越来越重。

"唉，"大祭司叹了口气，把脸转向"上仙"们的方向，"我们张宏之国，素来不产铜铁，所有的铜铁都要去积雷山拾得，虽然千百年来送掉无数勇士的性命，但也没有其他办法。谁让我们国家不产铁呢？谁让积雷山的铁能削破石头呢？阿普，别哭了，收拾收拾，起程去积雷山吧。"

阿普瘫在地上，哭得死去活来。

"上仙"们定定地看着阿普。

"我们跟阿普一起去。"唐古拉忽然跟大祭司说。

阿普抬起头，忘记了哭泣。

"也好，上仙如果前去，阿普也许能沾到你们的福气，逢凶化吉，遇难成祥。"大祭司说道，神情依旧肃然。

"有上仙在，阿普也许不会送掉性命呢。"围观的人群中，不停地传出这样的私语。

唐古拉看了看小伙伴们，贺子春、郑阿球、苏小蛮，每一双看向他的眼睛里，都有着满满的支持和赞赏。

大家的意见坚定而一致：跟阿普一起，去看一看进入大荒界的第一个凶险之地到底是怎样的。

下集预告

《神异经③巨桑之国》

　　张宏国民阿普带领四少年去往积雷山捡取制刀的材料。那是一种异兽的粪便。该兽名"啮铁"，它们长得像牛，以铁矿为食；他们捡拾的时候，"啮铁"忽然发火，众人逃到一土洞藏身；在等待异兽退去的时间里，无聊的唐古拉考察了土洞深处，发现那里居然有人居住，是无伤族的两个男人：年长的是一名冶炼师，年少的是冶炼师的徒弟长青。

　　唐古拉带伙伴去无伤族的洞穴，冶炼师替小蛮打制了一把赤焰刀；众人与无伤族分别，无伤族少年长青和唐古拉约定，以后要再见面；四人离开张宏国，去大荒野；在欧丝之野遇到蚕人，蚕人居住在桑树之上，以桑叶为食，每七年结一次茧，茧后羽化成蝶。

　　蚕人将少年们结进茧里。茧丝极坚韧，他们要如何才能脱身，逃出这巨桑之国呢？《神异经③巨桑之国》将告诉你！

神异英雄斗

少年有梦狂，志气比天高。

冒险的旅途没有终点，勇敢的脚步永不停歇。少年英雄带你打怪升级，快来一起答题、玩游戏、闯关赢大奖！

游戏牌分散在本系列的各册书中，只要集齐一定数量的游戏牌，即可和小伙伴们一起玩英雄斗纸牌游戏啦！本套游戏可不是普通玩家想玩就能玩的，需要答题闯关才可以！

那么就先来测试一下你的游戏能力等级吧！

1.郑阿球的本体灵兽是什么？他能在水下呼吸有何原理？
___

2.郑阿球的武器和乐器分别是什么？它们都有什么强大的功能？
___

3.海市上，鲛人族用什么与苗民们做交易？它们是怎样被制作出来的？
___
___

4.鲛人族的仇敌海蛇与苗民的仇敌大海龟，都是如何被打败的？
___
___

认真回答问题，并寄回编辑部的前50名小读者将有机会赢取由作者签名的全套"神异英雄斗"纸牌和《神异经》礼包一份！

（本活动最终解释权归《意林·少年版》编辑部所有）

《神异英雄斗》游戏规则介绍

游戏配件：本套英雄斗纸牌共有3种类型，分别是角色牌、体力牌、游戏牌。只要集齐两张不同阵营的角色牌和多张游戏牌，即可开始游戏。

准备开始：最少两个人，最多八个人，即可开始游戏。游戏分为远征军和异族两个阵营，游戏开始时两个阵营的玩家数必须相等。

决定身份：每名玩家选择一张角色牌，亮出来摆在自己面前。

游戏目标：玩家的目标是由拿到手的角色牌决定的，灵兽远征军的目标是消灭所有异族，异族的目标是消灭灵兽远征军。

分发体力牌：每张角色牌上有对应的体力上限，拿取对应角色体力上限的体力牌，每当受到伤害减少一点体力，可拿角色牌盖住一点体力。

分发起始手牌：将游戏牌洗混，随机分发给每名玩家各四张，作为起始手牌。

将剩余的游戏牌放在桌子中央，作为要摸取的牌，游戏正式开始。

进行游戏：进行游戏时，由任意一名玩家开始，按逆时针方向以回合的方式进行。每名玩家都有自己的一个回合，一名玩家的回合结束后，右边的玩家开始自己的回合，依次轮流进行。

每名玩家的回合分六个阶段：准备阶段，某些角色的技能可以在此时发动；判定阶段，若你的面前放置着延时类特殊牌，你必须从牌堆顶摸一张牌进行判定；摸牌阶段，你从牌堆顶摸两张牌；出牌阶段，你可以出任意一张牌，但必须遵守以下规则：1.无特殊说明，每回合只能出一张"攻"。2.任何一名角色的判定区里不能放两张相同的牌。3.同一种类型装备牌只可装备一张，若重复装备或换新的装备牌，前一张放入弃牌堆。4.每使用一张牌，如无特殊说明，即执行该牌之效果，然后放入弃牌堆；弃牌阶段，不想出牌或没法出牌时，即进入弃牌阶段，此时检查你的手牌数是否大于你的体力值，每超出一张，必须弃一张牌，否则不用弃；结束阶段，有些角色的技能可在此阶段发动。

死亡角色：每当一名角色体力值降到0时，即进入濒死阶段，除非自己或其他角色此时使用"视肉"来挽救该角色，或者该角色死亡，弃置该角色的所有牌。杀死该角色的角色，可立即从牌堆摸两张牌。

游戏结束：远征军或异族一方的所有角色死亡，则游戏结束，存活下来的一方获胜。

特殊说明：距离：角色间的距离无论是顺时针还是逆时针，按最短路径算。也就是说，任意一名角色距离自己永远是0，与左右两边角色的距离都是1，当一名角色死亡后，他不再占据一个位置，即当一名角色死亡后，他左右两边的角色就接近了。

攻击范围：任何角色的攻击范围在游戏开始时都是1，即你只能对与你距离为1的角色使用"攻"和特殊牌。装备武器后，角色的攻击范围等于其武器的攻击范围。

判定：判定是指亮出牌堆顶的一张牌，根据亮出的牌决定引起判定的牌或技能是否生效。

当牌堆没有牌时，将所有弃牌混合整理，再次开始。若多套牌混合游戏，更能增加游戏的趣味哦。

测测你的守护灵兽是什么

寻找属于你的守护灵兽的过程就像一次旅行，它能引领你找到你内心真正的力量来源，而代表你守护灵兽的那只神兽，则会暗中助你渡过一切风雨坎坷。寻找到专属于你的守护灵兽，让它赋予你力量，为你的人生保驾护航吧！

1.如果给你一只老鼠，你会养它？
会——2　不会——3　不一定——5

2.你喜欢日出还是日落？
日出——6　日落——4

3.如果别人送你一株植物，是要水生的还是陆地的？
水生——7　陆地——10

4.你相信有魔法吗？
相信——11　不相信——5

5.你比较喜欢水果还是肉类？
水果——9　肉类——12

6.假如你捡到十元钱，你会？
立即花掉——15
留着以后再花——8
把它还给丢钱的人——13
置之不理——19

7.你喜欢高山流水还是汪洋大海？
高山流水——14　汪洋大海——17

8.你会常常生气吗？
会——9　不会——16

9.天上会掉馅饼吗？
会——10　不会——12

10.你有最不想做的事吗？
有——11　没有——18

11.你喜欢神话故事吗？
喜欢——A　不喜欢——B

12.你最喜欢下面哪一种颜色？
红——13　黄——14　蓝——C
白——D　黑——E　紫——F
绿——15　其他——20

13.你希望有一个怎样的亲人？
哥哥——G　姐姐——19
弟弟——17　妹妹——H

14.你喜欢做梦吗？
喜欢——I　不喜欢——20

15.你违反过校规校纪吗？
违反过——18　没违反过——J

16.海盗要和你分财宝，你会要吗？
会——L　不会——K

17.你喜欢星期六还是星期日？
星期六——M　星期日——N

18.你总是反对别人意见吗？
是——O　不是——P

19.下面两项中，你更喜欢？
人——Q　动物——R

20.从这些数字里，选出你最讨厌的一个。
1——S　4——T　5——U　7——V
9——W　13——X　14——Y　25——Z

A.貔貅　　B.狻猊　　C.英招　　D.辟邪　　E.祸斗　　F.蟠龙
G.狴犴　　H.蒲牢　　I.虬龙　　J.睚眦　　K.九尾狐　L.烛龙
M.三足乌　N.狰　　　O.毕方　　P.囚牛　　Q.白泽　　R.负屃
S.啮铁　　T.人鱼　　U.嘲风　　V.重明鸟　W.螭吻　　X.蛊雕
Y.蛟龙　　Z.蚣蝮